**Italia 여행이 끝난 자리에는 다정한 잔상이 가득하다**

**발　행** | 2021년 03월 17일
**저　자** | 김나윤
**펴낸이** | 한건희
**펴낸곳** | 주식회사 부크크
**출판사등록** | 2014.07.15.(제2014-16호)
**주　소** | 서울특별시 금천구 가산디지털1로 119 SK트윈타워 A동 305호
**전　화** | 1670-8316
**이메일** | info@bookk.co.kr

**ISBN** | 979-11-372-3982-1

www.bookk.co.kr

# Prologue

# My Rome that I loved

# Record cities passing by

# The lovely moments of Florence

## Again to my Rome

## Goodbye, My Italy

## A short episode

# Epilogue

# /저자 소개

한 마디로 정의하기가 참 어려운 사람이다.

자주 비관적인 사람이지만, 때때로 낙천적인 사람이다. 잘 우는 편은 아니지만, 영화를 볼 때마다 울지 않은 적이 없다. 가족과 관련된 장면이 나오거나, 대사 혹은 흘러나오는 노랫말이 구슬 프면 눈물이 수도꼭지처럼 쏟아져 나오는 사람이다. 어쩌면, 종종 모순적인 사람이기도 하겠다.

주로 하는 일은 멍 때리기와 동물 귀여워하기 그리고 생각을 형태로 남겨두는 일과 감정을 적어내는 일을 자주 한다. 사람을 쉽게 미워하지도, 쉽게 사랑하지도 않지만 내 사람이라고 느껴지는 순간부터 정이 넘쳐 가끔은 문제이다.

나른한 오후 3시의 햇살을 좋아하고, 저무는 저녁노을에게 유난히 애정을 품고 있다. 새카만 밤하늘에 걸린 하얀 달과 별들을 좋아하는 낭만적인 사람이기도 하나, 자주 비관적인 사람이라, 세상에 나 혼자만 남은 듯한 차가운 밤은 미워한다. 새벽도 마찬가지다. 하지만 사랑하는 이와 함께라면 우울한 마음을 뒤로 하고 오로지 그 순간만을 사랑할 수도 있는, 그렇게 가끔은 감정에 충실한 사람이기도 하다.

지나치게 현실적인 사람이다. 하지만 현실을 뒤로 하고 세상과 단절한 몽상가처럼 마냥 꿈만 꾸는 것은 질색이다. 막연하고 갑갑한 현실에 질리면 꿈같은 현실을 살아가게끔 할 수 있는, 일상을 행복하게 바꾸고 가꿀 수 있는 능력이 있는 사람이다.

제 나이답지 않게 성숙하다는 말을 자주 듣는다. 그런 말은 익숙하다. 또래보다 성숙한 건, 어떻게 보면 당연하다고 말해야겠다. 울어야 할 나이에 울음을 참는 법을 배웠고, 위로를 받아야 할 상황에서 타인의 마음을 안아주는 법을 배웠으니.

글을 쓸 때를 제외하고는 말이 많지 않은 편이다. 이유는 간단하다. 어느 주제에도 가벼운 사람으로 보이고 싶지는 않으니까.

마지막으로, 떠나는 것을 좋아한다. 훌쩍 떠나는 것에 대해 많은 이들이 대단하다고 말하곤 한다. 대단하다는 말을 자주 듣는 이유는, 아마 남들은 떠나기를 두려워할 때 이미 떠나있기 때문이 아닐까. 머리를 비워야 할 때는 늘 생각이 많은 사람이다. 생각이 너무 깊고 많아 스스로의 감정까지 해쳐버리는 건 이제 아프지도 않을 정도다. 그러나 신중해야 할 때면 겁이 사라지고 어디선가 용기가 샘솟는 특이하고도 무모한 사람이다.

처음 로마에 발을 내려놓았을 때가 여전히 생생하다. 매일이 새로웠고, 친구들은 잠에 들 시간에 눈을 뜬다는 사실이 이탈리아에 도착했음을 실감나게 했었다. 시차적응 실패로 며칠 간 정확히 새벽 6시 12분이면 눈을 뜨곤 했지만. 한국으로 귀국하며 그곳에 남겨두고 온 것이 너무 많다. 그 중 가장 의미가 큰 것은 바로 "여유"다. 한국에 돌아오고 나서 여유가 사라졌다. 마음이 초조하고, 늘 불안하다. 큰일이다. 그래서 여유를 찾으러 언제든지 떠날 수 있는 상태를 준비 중이다.

주위 사람들은 알고 있다. 이상하게도 한국에 머물러 있기를 싫어하는 사람이라는 것을. 그래서 언제 어디로 떠나도 이상하지 않은 사람이라는 것을.

나는, 그런 사람이다.

# /저자의 말

[안녕.

나는 생각을 글로 남겨두는 일을 사랑하는 평범한 20세다. 나는 현재 인스타그램에서 글을 쓰고 있다. (인스타: nayoongeul) 앞에 내 소개를 했지만 다시 한 번 간단하게 나를 소개하겠다. 나는 생각을 쓰고 그리하여 쓰여진 문장에 마음을 담는 일을 무척 좋아한다. 모든 것에 모순적인 내가, 유일하게 솔직할 때는 글을 쓸 때이다. 어디 가서 하지 않는 말들을 한꺼번에 늘여놓기에 내가 쓰는 글들은 대부분이 길다. 하나의 이야기를 풀 때마다 글이 길다고 느껴질 수도 있겠지만. 문장 하나하나마다 내 마음이 묻어있어서 그런 것이니 괜찮다면 여유롭고 잔잔한 마음으로 찬찬히 내 글을 음미해주길 바란다.]

이탈리아 여행은 열아홉이 되던 2020년의 01월 30일부터 02월 28일 동안 다녀왔습니다. 이탈리아 여행 당시 쓴 글과 여행이 끝난 후 쓴 글이 섞여있습니다. 잘 부탁드립니다. :)

# *Prologue*

# Prologue

나에게는 다이어리가 하나 있다. 정확히 말하자면 나만의 다이어리는 아니고, 인터넷에서 구입한 다이어리 엇비슷한 책이다. 책에는 365개의 질문이 적혀있다. 하루마다 하나의 질문에 대답을, 그렇게 5년 동안 성실히 쓰는 것이 그 책의 사용법이다. 해마다 같은 날 같은 질문에 답변을 쓰게 된다. 그리고 일 년이 지날 때마다 같은 질문에 나의 대답이 어떻게 적혀있는지 5년 후의 내가 되돌아보는, 나의 가치관이 어떻게 바뀌어갔나 한 눈에 볼 수 있는 그런 유용한 책이다.

이 다이어리를 쓰기 시작한지 몇 개월 조금 지난 어느 날, 그동안의 내가 어떤 답변을 썼는지 문득 궁금해져서 다이어리를 뒤적거렸다. 그러다 이탈리아를 그리워하게 만드는 나의 답변을 발견했다. (원래 이탈리아 여행기를 책으로 낼 생각은 없었으나, 내가 써놓은 답변을 보고 이탈리아 여행기 책을 내야겠다고 결심했다.) 궁극적으로 어떠한 사람이 되고 싶냐는 질문에 한 달 전의 내가 이렇게 답변을 써놓았다.

"시선에 의해 살아가지 않는 사람, 무너지면 쉴 줄 알고 회복하면 다시 뛸 줄도 아는 사람, 그리고 타인에게 멋있어 보이기만을 위한 꿈을 꾸지 않는 사람."

그래, 시선에 의해 살아가지 않는 사람이었던 적이 있었다. 나는 당신이 이미 예상했을 것이라고 감히 예상해 본다. 아마 당신의 예상대로, 이탈리아에서의 내가 그랬다. 이탈리아에서 나는 처음으로 자유롭다는 느낌을 느껴보았다. 처음으로 "해방감"을 느낀 순간이 바로 이탈리아에서였다. 내가 태어나고 자라고 지내온 그 작고 좁은 곳에서, 나는 대상 없는 시선과 함께 살아왔다. 쳐다보는 이는 없는데 어디선가 자꾸만 느껴지는 시선들에게 나는 끊임없이 억압을 받았다. 그래서 나의 삶은 오랜 시간 동안 불행의 연속이었으며, 고통의 굴레였다. 내가 얼마나 바보 같은 사람이었냐면, 나는 내가 입고 싶은 옷도 제대로 입지 못 했다. 이유는 단순히 나를 보는 사람들의 시선이 달갑지 않을 것만 같아서. '쟤가 저런 옷도 입어?' 나를 평가하진 않을까 싶어서. 그리고 그런 평가는 나를 자주 우울의 바다로 향해하게 만들곤 했다. 그렇게 내가 나를 갑갑하게 만들어서, 내가 나 스스로를 틀 안에 가두어버려서 나의 인생은 꽤나 갑갑했다.

그러나 이탈리아에서는 무언가 달랐다. 모두가 나를 신기하다는 듯이 뚫어져라 쳐다보았다. 자존감이 낮아 타인의 시선에 늘 많은 의미를 부여하던 내가 그런 상황에서 자유를, 해방감을, 행복을 느꼈다.

이탈리아에서 지낸, 길다면 길고 짧다면 짧을 32일이라는 시간 동안 나는 내가 원하는 모습으로 지냈다. 시선에 의해 살아가지 않는, 바로 그 모습으로 말이다. 그래서 이탈리아 여행이 끝나고 일 년이 지난 지금도 나는 여전히 이탈리아를 그리워하고 있다. 단순히 이탈리아에서의 여행이 재밌어서가 아닌, 그 곳에서의 내 모습이 지금 되돌아보아도 너무 좋아서. 그리고 그 곳에서 만난 인연들이 한 명도 빠짐없이 소중해서. 그 인연들과 함께 한 기억들이 여전히 너무 생생하고 행복해서 나는 이탈리아를 자주 그리워하곤 한다.

서론이 상당히 길었다. 지금부터 내가 이탈리아에서 혼자 한 달을 지낸 이야기를 차근차근 풀어보겠다.

PHILIPPVM·BRVNELLESCHI·FILIVM·
VIDES·HOSPES
HIC·INGENII·AEQVALIBVS·PRAESTITIT·
BONIS·MVLTVM·PROFVIT·ARTIBVS·

EAMQVE·IN·MEDIO·PRINCIPIS·ITALIE·
EXTANDA·TEMPLVM·SVPERCVLVM·
FIDEI·ERAVIT·IN·PATRIAM
GLORIAM·SIBI·AETERNAM
PEPERIT·MAGNAM·AETERNAMQVE·

# 가끔은 무모해질 필요가 있다

[이탈리아 여행기를 시작하기 전에, 우선은 내가 혼자 여행을 떠나게 된 계기를 설명해보려 한다. 여행을 떠나게 된 계기를 말하려면, 내가 학교를 그만 둔 이유부터 설명해야 한다. 이 부분은 지루할 수도 있으니 굳이 읽지 않아도 상관은 없다.]

2019년 10월 달, 나는 다니던 학교를 그만두었다. 사실 고등학교 1학년 때부터 나는 학교를 정말, 정말, 정말 싫어했다. 얼핏 들으면 단지 비행 청소년 같은 우스운 발언이겠지만, 그런 것은 명백히 아니다. 밑에 적어놓은 것이 이유의 전부는 아니지만, 반을 차지한다.

그냥 나는, 내 자신이 학교에 있는 시간이 너무 아깝다고 자주 느끼곤 했다. 내가 살아감에 있어 전혀 도움이 되지 않을 것만 같은 것들을 단지 언젠가의 학력과 스펙을 위해 배운다는 것 자체가 나에게는 무의미하게만 느껴졌다. 그렇게 열심히 앞만 보고 달려가면 도대체 행복은 언제 느낄 수 있지? 좋은 대학교에 가기 위해, 좋은 곳에 취업하기 위해, 안정적인 생활과 노후를 위해 열심히 공부하고 끊임없이 일하는 사람들을 비난하는 게 아니다. "남들 사는 루트대로 대학교 잘 가고 취업 잘 하고 퇴사 안 하고 돈 열심히 벌고 나니 어느새 나는 나이 들었고, 나의 청춘에는 남은 게 없다." 이러한 종류의 푸념과 수능을 잘 보지 못 해서 극단적인 선택을 하는 사람들, 취준생들 그리고 직장인들이 직장을 다니며 받는 스트레스를 안타까워하는 것이다. 이 나라는 좋은 스펙과 좋은 학력, 이름 있는 대학교 그리고 높은 명예와 높은 명성만을 너무 추구한다고 생각한다.

좋은 스펙과 좋은 학력을 갖지 못 했다고 해서, 이름 있는 대학교를 나오지 못 했다고 해서, 높은 명예와 높은 명성을 얻지 못 했다고 해서 가치가 깎일 자격 같은 건 결코 그 누구에게도 없는데 말이다. 내 말을 쉽게 이해하기가 어렵다면 네이트판, 페이스북, 인스타그램 같은 각종 커뮤니티들을 몇 분만 보길 바란다. 단 몇 분만 보아도 그런 사연의 글들이 널려있다. "수능 망쳤는데 진짜 죽고 싶다.", "지잡대 나왔다고 친구가 저를 무시해요.", "제 학력이 너무 딸린다고 상대 집안에서 결혼을 반대 합니다.", "월급 조금 주는 회사라고 사람들이 무시해요.", "만년 대리라서 힘이 듭니다." 이런 글들 말이다. 나는 그런 글들을 보며 매번 이해를 할 수가 없다. 왜 그런 것으로 사람을 재고 따지는 것인지. 왜 그런 것으로 나의 가치가 결정 되고, 왜 그런 말도 안 되는 틀에 억지로 끼워 맞춰지려 노력해야 하고, 왜 타인을 아무렇지 않게 평가하는 것인지. 그런 게 어째서 정당화 되는 것인지.

학교 내에서 무의미하게 흘러가는 시간은 일 분 일 초 깊이 파고들수록 너무, 너무, 너무 무의미했다. 나한테 의미 없다고 느껴지는 이 시간 동안, 의미 없는 이런 공부를 할 시간 동안 나는 세상 밖으로 뛰쳐나가 조금이라도 빨리 내 인생을, 내 세상을 찾고 싶었다.

이러한 생각을 품은 채로 나는 고등학교에서 2년간의 시간을 버리며 지내왔다. 참고로 고등학교 1-2학년의 나는 심적으로 정말 암울했었다. 고등학교 1학년 당시 내 인생 평생의 큰 트라우마를 남겨준 사건이 있었다. 한 달 정도 집 밖으로 나가질 않았고, 밥도 잘 먹지 않았다. 그 사건은 나를 한동안 대인기피증에 미약한 공황장애 그리고 심리 상담 센터까지 다니게 만들었다. 팔은 멀쩡한 날이 없었다. 나는 그 일로 인해 몇 년이 넘었음에도 불구하고 여전히 악몽을 꾸곤 하지만, 그나마 일상생활은 할 수 있을 정도로 극복했다. 지금도 가해자는 웃으며 잘 살고 있다는 게 참 아이러니하고. 내가 그 때 학교를 그만 두지 않았던 이유는 이 상태로 학교를 그만 두면 내가 방구석에만 처박혀 아무 것도 하지 않을 것만 같아서, 억지로 학교에 가 친구들과 놀기라도 해야 내 생활이 그나마 돌아가는 느낌이 들어서였다. 그러나 수업종이 치고 책상에만 앉으면 또 내가 이걸 왜 배워야 하지 생각했고.

자 이제 본론이다. 학교를 그만 두게 된 결정적인 이유.
그 이유는, 그래 아직도 생생히 기억이 난다. 2019년 10월 17일 목요일 1교시 영어시간에. 우리 반 영어 선생님은 나를 유독 싫어하셨다. (우리 학교 내에 나와 말을 나눠본 선생님들은 나를 좋아했지만, 나와 말을 나눠보지 않은 선생님들은 나를 흔히 말해 양아치나 꼴통이라 생각하는지 나를 별로 좋아하지 않았다. 영어 선생님은 유독 그랬다.) 가만히 있는 나에게 욕설을 내뱉기도 했고, 밥 먹고 있는데 굳이 와서 손가락질 하며 욕을 하기도 했다. 이 외에도 나를 싫어하는 듯이 행동한 것이 많지만 그러면 글이 너무 길어질 것 같아 생략하겠다. 나를 왜 그렇게까지 싫어했는지는 나는 사실 아직도 잘 모르겠다.

그 날도 어김없이 선생님과 트러블이 생겼다. 나는 상대하고 싶지가 않아 처음부터 끝까지 모든 말에 대꾸도, 미동도 하지 않았다. 계속 해서 무시했더니 웃기지도 않는 말이 돌아왔다. '야. 나도 사람이야. 나도 감정이 있어.' 전부터 스트레스가 쌓여왔는데, 그 말을 듣는 순간 스트레스 게이지가 극에 치달았다. 그대로 교실을 나가 집으로 향했다. 집으로 가는 택시 안에서, 담임 선생님께 문자를 보냈다. "저 이제 학교 안 다닐 거예요." 놀란 담임 선생님에게서 전화가 왔지만 받지 않았다. 실은 담임 선생님에게도 받은 상처가 없잖아있었다. 전화가 저절로 끊기고, 나는 그대로 담임 선생님의 번호를 차단했다. 내가 학교를 얼마나 싫어하는지 알고 있는 우리 엄마는 잘 울지 않는 내가 어린 아이처럼 엉엉 울면서 아침 10시에 집으로 돌아왔을 때, 어느 정도 이유를 예상한 것 같았다. 더 이상 학교 다니지 말자고 하신 걸 보니.

그렇게 학교를 그만 두고 나니 내가 나아갈 수 있는 길은 훨씬 더 많아졌고, 세상을 볼 수 있는 눈은 더욱 넓어졌다. 진작 그만 두지 않은 게 후회가 될 정도였다. 남들에게 비난 받는 인생일지라도, 내가 만족하는 인생이라면 난 그거로 충분하다고 생각한다. 적어도 나는 그 누구보다도 행복하다고 자부할 수 있으니까. 행복의 기준은 세상이 정해주는 게 아니다. 내가 스스로 정해야만 하는 것이다. 생각이 늘면 용기는 적어진다. 때로는 생각 없이 모든 것을 그만 둘 수 있는 용기가 필요하다. 그리고 그만 둔 후 뒷일을 생각하지 않고 오로지 현재만 보는 무모함도 필요하다. 그 무모함이 가끔은 새로운 길을 만들어준다. 잘하면, 현재보다 더 괜찮은 길을 만들어주기도 한다. 그리고 어쩌면, 인생을 바꿔주기도 한다.

# 무모한 행동은
# 때때로 좀 더 괜찮은 길을 개척해주곤 한다

학교를 그만 둔 후 나는 우선, 그렇게나 싫어하던 학교와 학교 내에서 내가 보고 싶지 않았던 사람들을 보지 않아도 된다는 사실에 마음이 편해졌다. 그리고는 앞으로 내가 무얼 할지 곰곰이 생각했다. 너무 먼 미래까지는 그리지 않았다. 먼 미래는 항상 내 계획대로 되지 않으니까. 그럼 지금 당장은 뭘 해볼까 생각하다가, 문득 여행을 가고 싶다는 생각이 들었다. 여태까지의 나는 "하루를 무사히 버티는 일"로 인해 너무 지쳐있었고, 무엇보다 현실로부터 도피하고 싶은 마음이 굉장히 컸다. 그리고 나는 예전부터 어디론가 그냥 훌쩍 떠나버리고 싶다는 생각을 자주 하곤 했다. 수업 시간에 멍 때릴 때마다 내 머릿속을 메우는 것은 언제나 떠나고 싶다는 생각뿐이었다.

평소에는 학교를 다니느라 여행을 갈 시간도 마땅하지 않았고, 학교를 다니면서 알바를 하는 건 피곤함이 많은 나에게 있어 절대 있을 수 없는 일이었기에 그간 돈을 모아 방학에 여행을 가는 것도 불가능했다.

그 순간 생각했다. "지금이다. 지금 여행을 가야겠다."

나는 3달간 편의점 주말 야간 알바를 하며 여행 경비를 모았다. 내가 일 한 곳은 손님이 많지 않은 곳이라서 시간이 날 때마다 틈틈이 이탈리아어 공부를 하곤 했다. 타국으로 여행을 갈 때는, 미숙하더라도 그 나라의 언어를 배워 가는 게 예의라고 나는 생각한다. 가끔 이탈리아어 공부는 어떤 걸로 했냐고 여쭤보시는 분들이 있는데, 나는 여러 번역기와 유튜브를 보며 혼자 공부했다. 기본적인 회화와 간단한 의사소통 문장을 번역기 하나에 돌리고 또 다른 번역기에 돌려보고, 문장이 이상하면 다른 것으로 돌려보고, 그렇게 어떠한 단어를 써야 이 문장이 모든 번역기에서 매끄러운지를 찾아내어 공부했다. 나는 하나에 꽂히면 상당히 열정적인 사람이라 마냥 재밌기만 했지만, 엄청난 노가다라서 이 방법은 추천하지 않는다…. 지금 그 때로 돌아간다면 차라리 이탈리아어 공부 교재를 샀을 것이다.

사실 여행지를 이탈리아로 고른 것과 한 달 살기를 결심한 데에는 그다지 큰 이유가 없다. 단순히 전부터 유럽과 유럽 길거리, 유럽 건물에 낭만이 있었던 터라 유럽으로 정했다. 그런데 세상에. 유럽에 나라가 이렇게나 많은 줄 몰랐다. SNS에 유럽 여행이라고 검색해보니 대부분의 사람들이 1-2달 동안 유럽의 여러 나라를 돌아다니는 걸 보면서 나는 경악했다. 나의 체력으로는 도저히 할 수 없는 일이었다. 한 도시에 정착하지 않고 거의 3일에 한 번 꼴로 도시나 나라를 이동하는 일. 한 곳에 익숙해지지 못 하고, 늘 어색하고 낯선 곳에서 잠을 자야 한다는 것 아닌가. 쉽게 피곤을 느끼는 나에게는 정말 할 수 없는 일이었기에, 그 순간 한 나라에 머무르며 한 달 살기를 해야겠다고 결심했다. 이 많은 나라들 중 어느 곳에서 머무르는 게 좋을까 생각하다가, 나에게 가장 익숙한 이탈리아로 결정을 내렸다. 그 결정에도 큰 이유가 없다. 그저 어릴 때 읽었던 만화책이나 소설책에서 콜로세움, 로마, 곤돌라, 가면 축제… 등 이탈리아와 관련 된 것들을 자주 본 기억이 있어서. 지금 생각해보면 그런 방법으로 여행지를 정한 게 웃기지만 그 때 당시의 나는 정말 진지했다.

*My Rome that I loved*

# 경유지에서 만난 내 여행의 첫 인연

: 나는 사소한 것들을 너무 사랑해서

나는 KLM항공을 이용했고, 새벽 12시 50분 비행기를 타고 네덜란드의 암스테르담을 경유해 로마로 갔다. 암스테르담에 도착하니 새벽 4시 30분이었다. 조금 피곤함이 돌아 밖에 나가고 싶지는 않았고, 공항 내에는 딱히 볼 만 한 게 없었다. 그래서 5시간 남은 로마행 비행기를 기다리며 휴대폰을 하고 있는데, 멀지 않은 저 옆쪽 의자에서 한 수녀님이 계속 나를 힐끔힐끔 쳐다보셨다. 단정한 수녀복을 입고 있어 수녀님인 걸 바로 알아챘다. 기분 나쁜 그런 시선은 아니었다. 타국에서 같은 한국인을 보니 반가우신가 보다 싶었다.

그런데 몇 분 후, 수녀님이 나에게 다가오셨다. 왜인지 모르게 속으로 조금 긴장을 했지만 그건 쓸데없는 긴장이었다. '와이파이가 안 되는데, 혹시 학생은 와이파이가 되나요?' 이걸 물으시려고 휴대폰 하고 있던 나를 계속 쳐다보셨던 거구나, 경계심을 풀고 공항 와이파이 사용법을 알려드렸다. 수녀님은 나에게 몇 살인지, 혼자 온 건지 물으셨다. 이제 열아홉 살이고 혼자 놀러 왔다고 대답하니, 수녀님은 나에게 정말 대단하다고 용기 있다고 하셨다.

수녀님은 공부하러 온 거라 성당 밖으로 나갈 수가 없어서, 같은 로마에 있음에도 불구하고 또 서로의 얼굴을 볼 수 없음에 아쉬워 하셨다. 고작 와이파이를 어떻게 쓰는지를 물으려 대화를 나누었던, 채 10분도 되지 않는 짧은 인연에 서로는 이다지도 아쉬운 마음을 한가득 품어버린다. 앞으로 나는 더 많은 사람들을 만나게 될 텐데, 벌써부터 한국으로 돌아오는 날의 나는 아마 아쉬운 것들과 그리운 것들을 잔뜩 들고 올 것만 같다는 생각이 들었다.

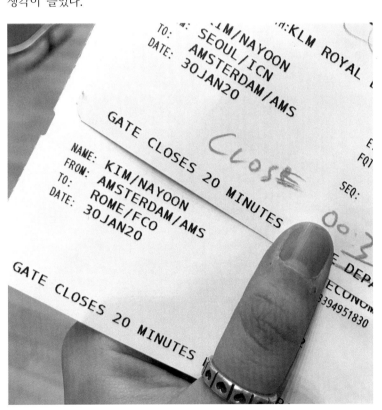

# 비좁은 곳에서 만난 사랑스러움

: 내가 사랑한 친절

암스테르담에서 5시간을 기다린 후 드디어 로마행 비행기에 탑승했다. 나는 하늘 보는 걸 좋아해서, 비행기를 탈 때 장시간 비행기를 탈 때를 제외하고는 대부분 창가 옆에 앉는다.

내 옆자리에는 연인이 앉았다. 그녀는 애교가 굉장히 많았다. 남자친구의 팔짱을 끼고선 어깨에 머리를 기댄 채로 생글생글 웃으며 대화를 했다. 그는 그런 그녀를 사랑스럽다는 듯이 바라보았다. 그 둘을 보며 나도 언젠가 내가 정말 사랑하는 이와 놀러오면 정말 행복할 것 같다고, 부럽다는 생각이 들었다.

암스테르담에서 로마로 가는 시간은 두 시간 남짓이었다. 비행시간이 짧아 기내식 대신 승무원들이 샌드위치를 나누어주었다. 그리고 무엇을 마실 거냐고 승무원이 나에게 묻던 그 때, 승무원과 나 사이에 있던 그녀가 나에게 무엇을 마실 거냐고 물어본 후, 나의 대답을 승무원에게 전달해주었다. 비행기의 시끄러운 소음 때문에 승무원과 내가 서로의 말이 잘 들리지 않을 것을 알았는지, 그녀의 행동은 재치 있었다.
내가 고맙다고 하니 활짝 웃어주던 그녀와 그녀의 미소는 분명 사랑스러웠다. 아주 짧은 찰나에 사랑스러움이 느껴지는 사람은 그녀가 처음이었다. 그녀를 바라보던 그의 눈이 왜 그토록 사랑에 빠진 눈인지 알 것만 같았다.

로마 "레오나르도 다빈치공항(Leonardo da Vinci Fiumicino Airport)"에 드디어 도착했다. 아직 실감이 나질 않았다. 내가 정말 지금 로마에 있다고? 정말로? 어릴 때 책에서만 보던 이탈리아, 로마에 내가 정말 와 있다고? 믿기지 않는 마음으로 얼른 나의 캐리어가 나오길 기다렸다.

캐리어를 찾은 후, 나는 테르미니(TERMINI)역으로 가야 했다. 기차표를 끊으려고 여기저기 표 끊는 자판기를 찾아다니던 그때, 기내에서 내 옆자리에 앉았던 그 연인을 또 만나게 되었다. 그냥 지나칠까, 하다가 용기 내어 먼저 손을 흔들었다. 그러자 그녀는 나에게 'Enjoy!(좋은 시간 보내!)'라고 해맑게 소리치며 멀리서 크게 손을 흔들어 주었다. 역시 너무나 사랑스러웠다. 그녀의 사랑스러운 미소 덕분에, 아직 제대로 된 여행을 시작하기도 전부터 아쉬운 인연이 하나 더 생겨버렸다.

# 안녕, 이탈리아

: 아직은 낯선 로마

공항에서 어찌어찌 자판기를 찾아 기차표를 구입했다. 처음으로 유로를 써본 순간이었다. 그 때부터 왠지 모르게 마음이 들뜨기 시작했다. 내 손에 들린 낯설고 어색한 이 지폐가, 내가 유럽에 도착했음을 조금은 실감 나게 해주었다. 사실 고백하자면 이탈리아에서 탄 이 기차가 내 생의 첫 기차였다. 나는 한국에서 기차를 타본 적이 없다. 버스나 지하철을 이용할 일은 자주 있었지만 딱히 기차를 타고 이동할 일이 없었기 때문에.

내 생의 첫 기차를, 그것도 로마에서! 갑자기 기분이 마구 들뜨기 시작했다. 게다가 지금 내 눈앞에 외국인만 보인다는 사실이, 또 한 번 내가 이곳으로 놀러왔음을 실감나게 만들었다. 기차를 타기 전까지 장시간 비행에 지쳐 피곤했는데, 기차를 타자마자 피곤함이 순식간에 달아났다. 믿기지 않을 만큼 푸른빛의 하늘과 마치 솜사탕 같은 몽실몽실한 구름들, 그리고 내 상상 속에서만 보았던 유럽 건물들이 나의 시선을 가득 메웠다. 공항에서 역으로 향하는 한 시간이 좀 넘는 시간 동안 나는 하염없이 창밖만 바라보았다.

# 내 상상 속 낭만에 첫 발을 디딘 순간

: 이곳을 사랑하게 될 것만 같은 예감이 들었다

달리고 달려 드디어 테르미니역에 도착했다. 테르미니역에는 돈을 구걸하는 사람들과 소매치기가 많아 악명 높다는 소문을 익히 들어 살짝 긴장한 상태로 기차에서 내렸다. 역에서 나와 처음 로마의 풍경과 마주한 나는 자그맣게 와, 하고 절로 탄성이 나왔다. 겨울이라고 믿기 힘들 정도로 쨍쨍한 햇빛과 푸른 하늘 밑에서는 드르륵 드르륵 여기저기 캐리어를 끄는 소리가 들리고, 햇살을 맞으며 멋들어지게 담배를 피우고 있는 어느 노인과 한 편에는 옹기종기 모여 이야기를 나누고 있었던 멋진 제복을 입은 경찰관들이 보였다. 그리고 꺄르르 웃으며 내 옆을 지나치던 금발 머리의 어린 여자 아이들 4명. 대부분의 사람들이 긴 팔을 입고 있었는데 그 사이에서 혼자 민소매 차림에 팔에 문신이 가득했던, 포마드를 한 강렬한 인상의 중년 여자는 굉장히 멋있고 카리스마가 넘쳤다. 그리고 아주 결정적인 것은 나의 상상 속 낭만과 매우 닮은 유럽 건물들이었다. 약간은 낡은 듯한 갈색 계열의 건물이 많았다. 몇 분을 가만히, 내가 이곳에 도착했음을 실감하기 위해 살짝 차가운 공기를 크게 들이마셨다.

안녕, 로마. 왠지 사랑하게 될 것만 같은 예감이 드는 도시야.

# 로마에서 맞이하는 첫 아침

: 그리고 길었던 하루

나의 이탈리아 여행은 정말 자유여행의 끝판왕이었다. 미리 시간과 날짜를 정해 예약해야 하는 콜로세움 통합권, 두오모 통합권, 미술관 등을 제외하고는 아무런 일정을 짜지 않았다. 한국에 있을 때 갈만한 곳, 관광지, 노을이 예쁜 곳, 맛집, 카페 등등을 메모장에 다 정리해 놓은 후 이탈리아에 도착해서 메모장을 보며 그 날 그 날 어딜 갈지 즉흥으로 결정했다.

로마에서 맞이하는 나의 첫 아침은 정확히 6시 12분부터 시작되었다. 내가 한국에서 미리 예약한 콜로세움 입장 시간은 12시였다. 8시 쯤 일어나 준비하고 콜로세움으로 느긋하게 걸어갈 계획이었는데 6시에 눈을 뜨다니. 다시 잠이 오질 않아서 결국 그 때부터 아-주 느긋하게 준비를 시작했다. 화장과 머리 스타일링을 마친 후, 캐리어 속 많은 옷들을 보며 고민했다. 흐음…. 20분 쯤 심사숙고 후 옷을 집어 들었다. 하의는 밑이 퍼지는 얇은 부츠컷 슬렉스를 입고, 상의는 살짝 두꺼운 얇은 검정색 목폴라를 입은 후 그 위에 톤다운 된 얇은 카키색 셔츠를 입었다. 그리고 내가 가장 좋아하는 베이지색 목도리를 야무지게 맨 후 검정 헌팅캡을 썼다. 참고로 이탈리아의 1월 말-2월 초는 이렇게만 입어도 전혀 춥지가 않다. 밤에도 말이다. 검정 컨버스 끈을 꽉 조여 맨 후 가벼운 발걸음으로 숙소를 나섰다. 리셉션의 직원들과 반가운 아침 인사를 나누는 것도 잊지 않고.

숙소에서 나와, 조금 차가우면서도 상쾌한 공기를 크게 한 번 들이마셨다. 이른 아침부터 캐리어를 끌고 수다를 떨며 느긋하게 이동하고 있는 사람들, 부모와 손을 꼭 잡고 매우 신난 얼굴로 어딘가로 향하던 조그마한 남자아이, 네모난 서류 가방을 한 손에 들고 조금 삐뚤어진 넥타이와 단정한 정장 차림을 한 채 횡단보도를 바삐 건너는 중년 남자, 한 손에는 커피를 들고 목에는 사원증을 걸고선 무선 이어폰을 낀 채 휴대폰을 하며 여유롭게 걸어가는 여자가 눈에 띄었다. 분명 같은 시간임에도 불구하고 모두의 시간은 각자 다르게 흘러감을 보여주는 이 풍경은, 묘하게 간질간질한 느낌을 주었다. 같은 시간이지만 누군가는 직장에 늦은 시간, 그러나 누군가에게는 출근하기에 여유로운 시간, 또 다른 이들에게는 휴일, 휴가, 여행. 이러한 풍경은 한국에서도 흔하게 볼 수 있는 광경이지만, 낯선 곳에서 이방인의 시선으로 바라보는 건 분명 색다른 느낌이 든다.

모두의 시간은 다르게 흘러간다…. 몽글몽글한 생각을 마음에 품고서 콜로세움으로 발걸음을 향했다.

콜로세움에 도착했는데, 사람이 정말 헉 하고 소리가 날 정도로 많았다. "여기부터 저기까지가 줄이라고? 설마 나도 이 줄에 서야 하는 건가?" 고민했으나 아니었다. 콜로세움 통합권을 예약한 사람과 현장구매 하려는 사람으로 줄이 나뉘어져 있었다. 줄서는 곳으로 가면 문지기처럼 보이는 남자가 한 명 서 있다. 그 사람에게 예약했다는 증거를 (예약 확인 메일 혹은 메일을 프린트 한 종이) 보여주면 예약자 줄로 들어가게 해준다. 예약자 줄에는 사람이 텅텅 비어서 나는 바로 콜로세움으로 입장을 할 수 있었다. 현장구매 줄에는 방금 왔다면 아마 2시간은 기다려야 할 정도로 사람들이 서 있었는데, 방금 온 내가 바로 들어가는 걸 보고 망연자실한 표정과 부러움의 시선으로 나를 바라보았다. 나도 모르게 승자가 된 (?) 기분이 들었다.

나는 예약 메일을 프린트해서 가져갔는데, 입장한 후 바로 옆 창구로 가서 그것을 보여주면 직원이 확인한 후 실물티켓으로 바꿔준다. 그리고 그 실물티켓 뒤에 적혀있는 바코드를 개표구 앞에서 찍어야 드디어 콜로세움 내부로 들어갈 수 있다.

창구 직원에게 예약 정보가 적힌 종이를 내밀었더니 그는 나를 한 번 스윽 본 후 '너 2유로만 결제 했네?'라고 말했다. 그래서 'Yes. Why?'라고 되물었더니 그는 현재 유럽에서 거주하느냐고 물었다. 아니라고 하니 그럼 왜 2유로만 결제 했느냐고 퉁명스럽게 말하며 다른 업무를 하려는 듯 안경을 올려 썼다. 나는 설마 하고 내 여권을 내밀었다. 그는 심드렁한 표정으로 내 여권을 훑더니, 날카로웠던 눈이 동그랗게 커졌다. 열여덟 살이었냐며 허둥지둥 바로 실물티켓으로 바꿔주었다. (콜로세움 통합권은 유럽 거주자는 나이에 상관없이, 비유럽 거주자는 만18세 미만까지 2유로다. 나는 생일이 지나지 않아서 아직 만 18세였다.) 창구 직원이 나에게 유럽 거주자냐는 것만 물어보고 나이는 물어보지 않은 걸 보니 나를 당연히 성인으로 생각했나보다. 하하.

# 로마를 사랑하게 된 순간

: 시간이 지나면 사소한 순간들이 더욱 생각날 것을 나는 안다


배가 출출해져서 무얼 먹을까, 잠시 이름 모를 광장에 앉아 고민했다. 나는 피자를 굉장히 좋아한다. 이탈리아는 피자가 그렇게 맛있다던데, 피자 한 판을 다 먹을 정도로 배가 고프진 않아서 조각피자를 먹기로 결정했다. 어쩌면 원래 그럴 생각이었는지도… 왜냐하면 결정하는데 2분이 걸렸다.

나의 정보통인 휴대폰 속 메모장을 켰다. 역시. 조각피자 집을 알아냈었군. 빠르게 "ZaZa Pizza"라는 곳으로 갔다.
그 곳에 들어가자마자 고소하고 맛있는 피자 냄새가 확 풍겼다. 중년 남자와 젊은 여자가 열심히 피자를 만들고 있었고, 가게 내부에는 한 남자와 그의 아들로 보이는 4-5살 정도의 아주 귀여운 남자아이가 있었다. 조각피자 종류가 엄청 많았는데, 나는 그 중에서 두터운 모짜렐라 치즈와 살라미가 왕창 들어간 피자를 골랐다. 원어민처럼 유창하지는 않지만 그래도 자신 있게 내가 혼자 독학한 이탈리아어 실력을 발휘했다. 처음으로 이탈리아어로 무언가를 주문한 순간이었다. 인자한 인상의 중년 남자와 조금은 차가운 인상의 젊은 여자는 이탈리아어로 주문하는 나를 보면서 마치 옹알이 하는 아기를 보듯 미소를 지었다. 옆에서 조각피자를 우걱우걱 먹고 있던 아이의 아버지는 먹다가 고개를 휙 돌려 나를 보았다. 동양인인 나의 입에서 이탈리아어가 나오자 예상 못 했다는 듯 단번에 시선집중이 된 순간이었다.

피자를 테이크아웃 한 후 ZaZa Pizza에서 멀지 않은 곳에 위치한 나보나 광장으로 향했다. 등받이가 없는 넓은 대리석 의자에 자리를 잡고, 조각 피자를 먹기 전 내 눈앞에 펼쳐진 풍경을 둘러보았다. 이곳에서의 나는 유독, 휴대폰을 내려놓고 주위를 둘러보는 순간이 잦아졌다. 왜인지는 잘 모르겠다. 비현실적인 풍경 속에 빠져드는 일을 사랑해서일까, 평화로움만 가득한 이곳에 내가 있다는 사실을 만끽하기 위해서일까.

어제 처음 로마에 도착했을 때 정처 없이 길을 거닐다가 발견한 이 광장은 굉장히 평화로웠다. 이곳에 앉아있으면 아무런 걱정도, 고민도, 근심도 떠오르지 않을 것만 같았다.
푸른 하늘과 살랑살랑 불어와 내 뺨을 기분 좋게 스치는 시원한 바람, 겨울보단 가을 같은 따뜻한 날씨와 언젠가 그리워질 것만 같은 지금 이 순간의 향기. 여기저기서 사진을 찍으며 미소 짓고 있는 많은 사람들과 요즘 유행하는 춤을 추며 놀고 있는 내 또래들, 강아지와 산책을 나온 사람들, 광장 어디에선가 흘러나오는 노래에 맞추어 춤을 추는 세 살배기 아기와 그런 아기를 동영상으로 남기고 있는 부모, 나란히 앉아 젤라또를 나누어 먹는 연인. 이 광장의 모두가 각자의 여유를 즐기고 있다. 분주해 보이는 사람이 없다. 모두가 느긋하다.

그 순간은 얼마 안 되어 내가 사랑하는 순간이 되었다.

평화로운 풍경을 바라보며 조각피자를 먹는 순간 나는 문득, 아무 것도 하지 않아도 "괜찮다"라는 느낌을 받았다. 내가 그 어느 곳에서도 느끼지 못 했던 마음의 안정과 편안하다는 감정이 물 밀려오듯 순식간에 내 마음 속으로 스며들었다. 그리고 그런 생각이 들었다. 난 지금 이 순간을 절대 잊을 수 없을 거라고.
이렇게나 사소한 순간들이 훗날 더 그리워질 것을 나는 안다. 그래서 그러한 순간들을, 나는 최선을 다 해 소중히 만끽하고 있다. 다신 오지 않을 수도 있는 순간들을.

조각 피자를 다 먹은 후, 나는 이어폰을 끼고 가장 좋아하는 플레이리스트를 들으며 하염없이 길을 거닐었다. 그 순간 또한 어김없이 사랑스러웠고.

# 바이올린을 연주하는 남자

: 하마터면 지나칠 뻔 했던 내 생애 최고의 순간

아침 일찍 숙소를 나선 터라 슬슬 피곤이 몰려오기 시작했다. 이 저질체력⋯ 양반은 못 된다.

숙소로 돌아가 물을 한 컵 들이 킨 후, 머리를 질끈 묶고서는 내가 가장 좋아하는 후드 티에 편한 바지로 갈아입었다. 아직 시간은 오후 8시. 피곤해서 숙소로 돌아왔지만, 막상 로마에서 지내는 두 번째 하루를 이렇게 빨리 마무리 하고 싶진 않았다. 안 되겠다. 침대에서 벌떡 일어나 다시 숙소를 나섰다. 로마의 저녁은 여전히 활기차고, 시끌벅적했다. 어디를 가기 위해 나온 것이 아니라서 목적지가 없었던 나는 정처 없이 여기저기로 느긋하게 발걸음을 돌렸다.

그러던 중 어디선가 바이올린 소리가 울려 퍼지고 있었다. 나는 원래 악기에 관심이 없을뿐더러 악기 연주를 듣는 데에도 더욱 흥미가 없다. 근데 왜였을까. 바이올린 소리에 홀리기라도 한 듯, 소리가 들려오는 쪽으로 방향을 꺾었다. 5분 정도 걸었을까, 소리를 따라 조금 걸어 도착한 그 곳에는 검정 자켓을 입고 검정 페도라를 쓴 젊은 남자가 바이올린을 연주하고 있었다.

바람이 사근사근하게 일렁이는 로마의 저녁에 울려 퍼지던 잔잔한 바이올린 소리, 내가 꿈꾸던 낭만 속 유럽 건물과 그 근사한 건물들을 배경 삼아 여유롭게 Senorita를 연주하던 그의 행복한 표정, 그리고 길을 지나치다 우연히 그의 연주를 듣고 있는 나. 이 모든 것이 모이니, 나에게는 또 하나의 선물과 마찬가지였다. 소중하다. 생일선물로 무엇이든 선물 받을 수 있다면, 지금 이 순간을 선물 받고 싶다.

아쉬운 것들을 더는 만들고 싶지 않았는데 그가 정말 행복한 표정으로 연주를 할 때와 웃으며 내게 다가올 때, 그를 찍는 내 휴대폰을 바라보며 'Ciao!(안녕!)'이라고 말했을 때. 나는 그 순간들로 인해 너무 많은 것이 아쉬워져 버렸다. 한국에 돌아갈 때면 발걸음이 너무 무거울 것 같다.

좋은 카메라를 가져가도 다시는 볼 수 없을 것만 같은 순간들이 여기 로마에는 널려있다. 거리에서 연주를 하는 데에 목적은 다양하겠지만, 듣는 이를 행복하게 만들기 위함도 조금은 있지 않을까. 그렇지 않고서야 내가 지금 이렇게나 행복해한다는 게 말이 안 된다. 연주를 하는 그의 표정에 행복이 묻어있어 덩달아 나까지 행복해진다. 자신의 일에 열정을 갖고 사랑하는 사람은 보는 이마저 행복하게 만든다. 단지 길거리에서 우연히 마주친 그였지만, 나는 그를 보며 앞으로 내 삶의 한 부분을 개척했다. 내가 좋아하는 일을 하고, 내가 하는 일을 사랑해야겠다고.

오늘 밤 이 거리를 지나친 것은 나에게 있어 큰 행운이있다. 그리고 언젠가 로마를 추억할 때, 그의 행복해 하는 표정이 반드시 떠오를 것이다.

# 현재를 온전히 사랑해야지

: 그리움을 안다는 것은 인간으로서의 큰 낙이다


기대를 하면 그만큼 실망이 크다는 것을 누구보다 가장 잘 알고 있지만, 고작 2일 밖에 머물지 않은 이 로마에서 나는 참 많은 것들로 인해 행복과 여유를 얻었다. 그래서 자꾸만 내일을 기대한다. 내일은 또 얼마나 행복할지, 내일은 또 어떤 인연과 마주하게 될지, 내일은 또 내가 어떤 일로 웃게 될지. 그렇게 자꾸만 기대감을 품는다. 여기서 행복한 만큼 한국에 돌아가면 아쉬움은 배가 되겠지. 현재에 충실해야 한다는 걸 알면서도, 자꾸만 벌써부터 아쉬울 것을 생각한다.

하지만 아쉬움도 아쉬움 나름대로, 그리워하는 것도 어쩌면 행복일 거라 생각한다. 이탈리아에서 머무는 동안 느끼고 사랑한 모든 것들을 훗날 그리워하는 것마저 사랑일 거란 소리다. 왜냐하면 그리워하는 나의 표정은 언제나 웃고 있을 테니까.

# 로마를 사랑할 수밖에 없는 이유

: 도저히 사랑하지 않고서는 못 배길 곳

나는 먼지 알레르기가 있어서, 오래 된 물건을 치우거나 오랜만에 방 청소를 하면 항상 감기에 걸린 듯 목이 칼칼해지곤 한다. 이탈리아로 떠나기 전에 방 청소를 했더니 목이 아팠다.

목이 칼칼한 그 느낌이 싫어 사람들 있는 곳을 피해 조심스레 침을 뱉었는데, 그 때 내 옆을 지나가던 굉장히 우아한 중년 여성이 내게 말을 걸었다. 침을 뱉지 말라며 혼내려는 줄 알고 'Mi dispiace.(죄송합니다.)'라고 말했다. 그러나 그녀는 내 예상과는 다르게 활짝 웃어 보이며 나에게 'why? No! your hair is very wonderful!'(왜? 아니야! 네 머리 정말 예뻐.)라고 말했다. 내가 웃으며 'Grazie.(감사합니다.)'라고 대답하니, 그녀도 웃으며 손을 흔들고는 유유히 떠났다. 그리고 그녀의 다정함을 사랑할 새도 없이 한 남자가 나에게 인사를 건넸다. 그는 나와 통할 수 있는 언어가 영어라고 생각했는지, 어눌한 영어 실력으로 더듬더듬 내게 말을 건넸다. 들어보니 그는 그제 내가 트레비 분수 앞을 지나가는 걸 보았고, 내 검정 자켓이 멋있었다고 말했다. 그리고는 'I remember, couldn't forget you. you are pretty yesterday and today!(난 널 기억해, 너를 잊을 수가 없더라. 너는 어제도 오늘도 예뻐.)'라고 말했다.

단지 그녀와 그의 말 한 마디로 인해 나는 로마를 사랑할 이유가 5분 사이에 두 개나 더 생겼다. 이곳은 도저히 사랑하지 않고서는 못 배길 곳이다.

# 로마에서 머물 날이 줄어들지 않았으면

: 사랑스러움의 연속

오늘 낮의 나는 굉장히 울적했다. 비는 갑자기 추적추적 내리고, 30분을 걸었지만 알고 보니 내가 구글맵에 위치를 잘못 찍어 가려던 카페와 길이 엇갈렸다. 다시 위치를 찍었지만 40분이 걸렸다. 그러나 그렇게 40분을 걸어 도착한 카페에는 자리가 없었다. 엎친 데 덮친 격이었다. 심지어 길은 울퉁불퉁한 돌로 되어있어 발바닥이 너무 아팠고, 번화가도 아니라 사람이 별로 없어 쓸쓸했다. 나는 비를 정말 싫어한다. 같은 상황이었어도 비가 내리지 않았다면 이렇게나 우울하진 않았을 것 같다. 비가 내리니, 따뜻했던 갈색 계열의 도시가 이렇게나 차가워 보일 수가 없었다. 그렇게 우울한 상태로 멍하니 길을 걷다가, 따뜻한 등불이 새어나오던 어느 가게로 자연스레 눈길이 향했다. "CANTINA E CUCINA" 내가 로마에 가면 무얼 먹을지 한국에서 검색하다가 찾아본 맛집이었다. 사실 어제도 길을 지나다 이곳을 보았지만 아무래도 혼자라서 아직은 이런 큰 레스토랑에 망설임 없이 들어갈 용기가 안 났다. 하지만 오늘은 용기고 뭐고 그런 걸 생각할 겨를이 없었다. 너무 울적하고 배가 고팠다.

이곳에 들어오자마자, 나는 이곳에 오길 정말 잘했다고 생각했다. 하이톤 목소리를 가진 갈색 파마머리의 여직원이 나를 맞이해줬는데, 정말 친절했다. 내가 한국인인 걸 알아채고 한국어 메뉴판을 가져다주었고, 자리를 안내해주며 이 자리가 마음에 드는지 나의 의사를 물어보기도 했다.

나는 버섯피자와 페로니 맥주 한 잔 그리고 파르마 햄과 버팔로 모짜렐라 치즈에 채소가 곁들여진 샐러드를 시켰다. 내가 시킨 것들은 음식보다는 술안주에 더 가깝다고 해야겠다. 주문한지 얼마 되지 않아 바로 메뉴가 나왔다. 한 입 먹자마자 탄성이 나왔다. 뭐 하나 빠짐없이 정말 다 맛있었다. 이탈리아 음식이짠 편이라는데, 나는 내가 짜게 먹는 편이라 그런지 딱 맞았다. 그렇게 만족하며 식사를 즐기던 중, 아까 그 여직원이 나에게와 어눌한 한국어로 '음식 괜찮아요?'라고 물었다. 여기 사람들이 이탈리아어를 쓰는 나를 보면 이런 기분이겠군. 그녀가 상당히 귀여웠다. 나는 한국어로 맛있다고 말했고, 알아들었는지 그녀는 굉장히 좋아했다. 그리고는 곧바로 'grazie.(감사합니다.)'라고 말했는데, 그녀도 활짝 웃어보였다. 그녀의 한국어를 들은 나처럼.

가게는 굉장히 넓었고 사람이 꽉 차있었다. 보통 크고 바쁜 가게는 모든 손님들에게 친절할 수 없음을 알기에, 많은 손님들 중 혼자 온 나에게도 친절한 그들 덕분에 울적한 기분이 모두 녹아내렸다. 다행히 음식도 입에 맞았고, 모든 게 너무 좋았다. 시끌시끌한 분위기도, 일을 하며 즐거워 보이는 모든 직원들도, 나에게 유독 친절했던 그 여직원도, 내가 나갈 때 또박또박 한국어로 '감사합니다.'라고 말한 것도. 모든 게 좋았다.

# 사랑이 가득한 Regoli

: 바쁜 곳에서도 넘치는 다정함

나는 빵순이다.

오늘은 아침으로 뭘 먹을까 하다가 문득 빵과 달달한 디저트가 먹고 싶어졌다. 곧장 침대에서 일어나 준비를 하고 "Regoli"로 향했다. 로마의 베이커리 가게 Regol"는 현지인들에게 더 유명한 곳이라 그런지 가게 내에 한국인이 없었다. 여태까지 로마를 돌아다니면서 들어간 가게마다 두세 명 정도는 꼭 한국인이 있었는데, Regoli에는 한국인은커녕 동양인이 나밖에 없었다. 가게는 상당히 좁았고, 가게 밖까지 사람들이 줄을 서 있었다. 겨우 들어간 곳에는 사람들이 미어 터졌다.


번호 표를 뽑아야 하는 줄도 모르고 서 있다가 누군가 번호표를 뽑는 걸 발견하고 그제서야 나도 번호표를 뽑고 내 순서를 기다렸다. '64!' 내 번호였다. 진열장 앞으로 다가가니 그 바쁜 와중에도 종업원이 나를 보고 활짝 웃으며 'Oh, hi!'하고 인사를 건넸다.


제일 첫 번째로는 굉장히 맛있게 생긴 산딸기타르트를 골랐다. 나는 타르트를 한 번도 먹어본 적이 없는데, 새로운 것에 잘 도전하지 않는 나에게 있어 이건 엄청난 도전과 마찬가지였다. 그렇게 쓸데없이 비장한 마음으로 타르트를 고르고선 초코빵과 크림빵 그리고 내가 정말 정말 좋아하는 티라미슈까지 총 네 개를 골랐다.

이제 계산을 하려는데 카운터에도 사람이 많아 기다렸다. 나보다 먼저 줄 서 있던 여자 다음에 계산을 하려 했는데, 알고 보니 그 여자는 나보다 늦게 왔지만 나보다 먼저 번호표를 뽑아 먼저 빵을 고른 여자였다. 그 여자도 내가 먼저 와있었던 걸 보았는지 계산해주던 직원에게 내 것을 먼저 계산해주라고 말하며 내게 양보를 했다. 이곳 사람들은 참 다정하구나.


그 좁은 곳에서도 사랑이 가득했던 Regoli, 언젠가 또 로마를 오게 된다면 Regoli를 제일 먼저 들러야겠다.

# 열심히 살지 않아도 괜찮다

: 노을을 보며 맥주를 마시는 여유

나는 노을에게 유독 애정을 품고 있다.

불안함과 우울 속에서 아등바등 버티며 살아온 내가, 유일하게
편안함을 느낄 때는 노을을 볼 때가 그랬다. 노을을 바라보고
있으면, 왜인지 모르게 노을이 지친 마음을 위로해주는 것만 같
았다. 예쁘게 저무는 노을을 바라볼 때마다 나는 늘 시간이 멈
추었으면 좋겠다고 생각하곤 했다. 멍하니 바라보다 보면 걱정
과 불안이 모두 사라진 듯 느껴졌으니까. 그 순간이 좋았다. 그
러나 좋은 순간과 시간은 왜 항상 나를 위해 멈춰주지 않는 걸
까. 노을을 바라볼 때는 유난히 시간이 빨리 가는 듯 했다.

사실 오늘 나의 하루는 여행자치고는 늦은 시간, 낮 3시에 시
작 되었다. 그마저도 느릿느릿 준비를 마치고선 계획 없이 로마
의 거리를 거닐었다. 그렇게 한참을 거닐다가, 가고 싶었던 카
페에 가서 창밖을 바라보며 아메리카노를 음미했다. 이따금씩
발코니로 나가 경치를 구경하기도 했다.

발코니에서 바깥 풍경을 바라보며 연신 감탄하던 도중, 문득 로
마의 노을이 보고 싶어졌다. 길을 지나다 우연히 노을을 마주치
는 것 말고, 노을 하나를 보기 위해 해가 저물기를 기다리고 싶
었다. 오늘 하루를, 굳이 노을 하나에게 온전히 소비하고 싶었
다. 마침 곧 노을이 질 시간이다, 다급히 짐을 챙긴 후 카페 근
처에 있는 핀초언덕으로 향했다.

언덕에 도착하자, 많은 사람들이 한 곳을 응시하고 있었다. 그들의 시선 끝에는, 로마의 거리 위로 노을이 아주 붉게 그리고 찬찬히 저물고 있었다. 그러한 모습은, 내가 사랑하지 않고는 못 배길 모습이었다. 얼마나 낭만적인가? 하늘이 붉게 물드는 것, 단지 그것을 보기 위해 많은 사람들이 이 언덕을 올라왔다니. 여기 사람들은 참 여유로운 것 같다. 그래서 사랑스럽고.

주위를 둘러보니 간단한 간식과 음료수 그리고 다양한 술을 파는 푸드트럭이 있었다. 마치 한국의 cass맥주처럼 이탈리아 어디에서나 흔하게 볼 수 있는 Peroni맥주를 한 병 사고, 노을이 지기를 기다렸다. 얼마 지나지 않아 하늘은 은은한 주황빛으로 물들기 시작했다. 정말 하염없이 노을만 바라보았다.

그렇게, 잊을 수 없는 소중한 순간이 마음 안에 또 탄생했다.

내가 오늘 한 일은 딱 한 가지였다. 바로 여유를 가진 것. 단지 그 뿐이었다. 오늘 하루는 많은 걸 하지 않았음에도 불구하고 참 의미 깊은 날이 되었다. 언젠가, 바쁘게 살아가면서 나도 모르게 사라져버린 여유를 되찾은 하루였다.

나는 많은 사람들에게 말하고 싶다. 하루쯤은 말이다, 아무 것도 하지 않아도 괜찮다. 하루쯤은 할 일을 모두 미루고 멍하니 노을만 바라본다 해도 큰 일이 생기진 않는다. 하루쯤은 아무 것도 하지 않은 채 창밖을 바라보며 커피를 마시기만 해도 괜찮다는 것이다. 게으르게 침대에서 하루 종일을 보내는 것도 나쁘지 않다.

요즘 들어, 참 많은 사람들이 너무 바쁜 하루 속을 살아가고 있는 것 같다. 아니, 살아가는 게 아니라 살아내는 것만 같다. 나는 하루를 치열하게 버텨내는 사람들에게 오늘을 굳이 열심히 살아가지도 않아도 된다고 말해주고 싶다. 그래도 괜찮다. 정말로.

# 산다는 것

: 숨을 크게 들이마시고 내뱉는 것, 나는 고작 그게 간절했다

"생각하는 대로 살지 않으면 사는 대로 생각하게 된다."

내가 쓴 글 중, 내가 가장 좋아하는 구절이다. 내가 쓴 구절을 매일 매일 끊임없이 되뇌며, 내가 생각하는 대로 살기 위해 내가 얼마나 노력했는지. 이제야 그렇게 됐다. 이제야 내가 생각하는 대로 살 수 있게 된 것 같다. 크게 숨을 들이마시고 크게 숨을 내뱉는 일이 이렇게나 쉬운 일이었나. 그간, 고작 그게 어려워 위축되어있었다. 턱턱 막히던 숨이 이제야 쉬어진다. 숨을 크게 들이마시고 내뱉는 것, 나는 고작 그게 간절했다.

# 행복은 종종 사소한 것으로부터 온다

: 그것이 아주 짧은 찰나의 순간일지라도

나는 익숙한 곳을 좋아한다. 처음은 당연히 낯설지만, 어쩌다 접하게 되거나 한 번 도전해본 후 마음에 들면 그것을 자주 찾는다. 그러한 성격은 이탈리아에서도 변함이 없다.

나는 로마에서 머문 지 7일 째 되는 오늘, 점심 메뉴를 고민하다가 "CANTINA E CUCINA"에 또 다시 방문했다. 오늘은 가게 밖까지 줄줄이 사람들이 서있었다. 가게 앞에서는 처음 보는 개구쟁이 직원이 호객 행위를 하며 사람들을 불러 모으고 있었고, 기다리고 있는 사람들에게 한 입 정도의 식전주를 나누어 주고 있었다.

드디어 내 차례가 왔고, 나는 바깥 풍경을 구경하며 밥을 먹을 수 있는 창가 쪽 자리에 앉았다. 오늘은 펜네 까르보나라 파스타와 전에 먹었던 파르마 햄과 버팔로 모짜렐라 치즈, 그리고 오렌지 맛이 난다는 이탈리아의 유명한 식전주 아페롤 스프리츠(Aperol Spritz)를 주문했다.

음식을 기다리며 바깥 풍경을 구경하던 중, 익숙한 하이톤의 목소리가 들려왔다. 그녀였다. 지난 번 이곳을 들렀을 때 어눌하게 한국말로 말을 걸어주고 친절해서 기억에 남던. 그녀는 나에게 활짝 웃어주며 정말 반갑게 인사를 했고, 우리 가게에 다시 와주어서 고맙다며 나에게 포옹을 했다. 나를 기억하느냐고 물었더니 그녀는 너무나 당연하다는 듯 그렇다고 대답했다.

나는 결코 당연하지 않은 일을, 선뜻 당연하다고 말해준 그녀가 좋았다. 매일 생각하지만, 로마에 오길 정말 잘했다.

# 내가 두고 온 나의 일상들

: 현실도피라는 단어는 나를 자주 아프게 했다

내가 좋아하는 옷을 입고 내가 좋아하는 신발을 신고 내가 좋아하는 머리를 하고 내가 좋아하는 노래를 들으며 내가 좋아하는 거리를 거닌다. 누구의 발걸음에도 맞추지 않은 채 오로지 나만의 템포로 여유롭게. 하지만 종종 생각한다. "내가 좋아하는 사람들도 있으면 더욱 완벽할 텐데." 워낙 혼자 있는 시간을 좋아함에도 불구하고, 예쁜 노을이나 예쁜 거리를 보면 내가 사랑하는 사람들이 보고 싶어진다. 내가 지금 보고 느끼며 한없이 행복해하는 지금 이 순간을 그들과 함께 하고 싶어서.

내가 여행을 떠나온 이유는 현실도피라는 단어가 가장 알맞다. 그리고 내가 살아온 괴로웠던 현실들을 잠시나마라도 잊기 위해 꿈에 그리던 유토피아로 홀로 떠나왔다는 것은, 나의 일상과 나와 함께 하던 사람들을 뒤로 한 채 혼자 마음 편하자고 떠나온 것과 마찬가지였다. 내가 떠나고 그 곳에 남겨진 이들은 나를 그리워할 테니까. 물론 그들은 진심으로 나를 응원해주었지만, 한 편으로는 나의 온기를 그리워했다. 나의 빈자리를 느꼈다. 가늠할 수는 없지만 그 마음을 어렴풋이 알기에, 하염없이 거리를 거닐다 보면 내가 두고 온 사람들이 하나 둘 씩 떠오르곤 했다.

# 파란 패딩을 입고 담배를 피우던 남자

: 길거리에서 생긴 인연

나는 정처 없이 걸어 다니는 것을 좋아한다. 그래서 나는 이탈리아에서 도시 간의 이동을 제외하고는 한 번도 대중교통을 이용한 적이 없었다. 숙소에 돌아와서 보니 살이 까져 양쪽 뒤꿈치와 발가락 여기저기서 피가 나고, 물집이 몇 개 잡혀있었다. 이 정도로 나는 아픈 줄도 모르고 미련하게 걸어 다니는 것을 좋아한다. 나는 거닐면서 마주치는 모든 것을 사랑한다. 그게 인연이든, 길가에 피어있는 꽃이든, 오늘따라 푸른 하늘이든, 벽화든, 무엇이든 간에. 오늘도 어김없이 거리를 거니는데, 예상치 못 한 하나의 소중한 인연이 또 생겨나곤 했다.

오늘도 어김없이 눈 뜨자마자 빠릿빠릿하게 준비를 마치고 숙소를 나선다. 여느 때처럼 로마는 오늘도 다정한 분위기를 풍긴다. 목적 없이 발길이 가는 대로 따라 길을 걷다가 담벼락에 기대어 파란 패딩을 입고 담배를 피우던 한 남자를 보았다. 눈이 마주치는 바람에 어색하게 서로 인사를 건네었다. 한 5분 정도 더 걸었나, 뒤에서 누군가 뛰어오는 소리가 들려 뒤를 돌아보았다. 파란 패딩, 아까 그 남자다. 그는 어눌한 영어로 나에게 여행자냐고 물었다. 그렇다고 하니 또 다시 어디 가는 길이냐고 질문을 했다. '목적 없어, 그냥 걷는 걸 좋아해서.'라고 대답했다. 돌아오는 그의 말은 의외였다.

'Will you walk with me?(같이 걸을래?)'

마침 할 것도 없었던 나는 그와 함께 했다.

그의 이름은 Albert, 바르셀로나 출신이었다. 그는 공부하기 위해 (무슨 공부였을까, 물어볼 걸.) 로마에 왔다고 했다. 나는 스페인어를 할 줄 모르고 그는 영어에 미숙했기 때문에 번역기를 켰는데 하필 갑자기 그 때 내 휴대폰 유심이 먹통이었다. 내가 내 휴대폰의 인터넷이 안 된다고, 혹시 번역기 어플 있냐고 물으니 그는 '내 휴대폰 문자랑 전화밖에 안 돼.'라고 말했다. 나는 어리둥절한 표정을 지으며 왜냐고 물었다. 그러자 그는 멋쩍게 웃으며 자신의 휴대폰을 보여주었다. 보자마자 미안하게도 나는 웃음을 빵 터트려버렸다. 약간 뭐랄까, 한국의 수능생들 휴대폰 같았다. 나랑 친한 언니들과 친구들도 죄다 수능 공부에 집중한다며 폴더 폰으로 바꿨던 게 생각났다. 공부에 집중하기 위해 휴대폰 바꾸는 건 만국 공통인가.

오랜 시간 그와 함께 로마를 거닐었고, 서툴지만 많은 대화를 나누었다. 오늘따라 노을이 예뻐 보이던 이유는 필히 그와 함께 걸었기 때문일 거라고, 내 의도와는 상관없이 이렇게 또 아쉬운 인연이 생겨버렸다.

나는 대화도 제대로 통하지 않는 그가 참 좋았다. 할 말이 영어로 떠오르지 않거나 혹은 당황하면 스페인어가 튀어나오던 그의 모습도, 가끔 나도 영어로 말이 떠오르지 않는 탓에 얼굴을 찡그리며 골똘히 생각하면 귀엽다는 듯이 웃던 그의 웃음도, 추우면서 안 추운 척 하던 그의 장난스러운 제스쳐도 좋았다. 그와 함께한 모든 순간들과 찰나들이 나는 너무 좋았다. 그가 자주 떠오를 것이다. 그와 나누었던 대화들과 찰나의 순간들, 그리고 그의 귀여웠던 휴대폰도 함께.

# 내가 사랑한 나의 로마

: 아마 평생을 잊지 못 할 도시

로마를 되돌아보면 정말 좋은 기억뿐이다.

소매치기도, 인종차별도, 캣콜링도 단 한 번 없었던 너무 좋은 기억만 남겨준 로마, 고마워. 언젠가 내가 사랑하는 사람이 생긴다면 너무 사랑스러웠던 여기, 로마에 대해서 조잘조잘 이야기 해줄 거야. 그도 나의 이야기를 듣고 로마를 사랑했으면 좋겠다.

*Record cities passing by*

# 베네치아의 사기꾼

: 허술한 수법, 역으로 사기 치기


베네치아에서 내려 조금만 옆으로 걸어오면 굉장히 큰 다리가 있다. 기차역 근처에 숙소를 잡은 게 아니라면, 캐리어를 들고 무조건 이 다리를 건너야 한다. 그래서 그런지, 호의인 척 짐을 들어주고 돈을 요구하는 사기꾼들이 다리 근처에 굉장히 많다. 나는 이 수법을 이미 알고 있었는데, 내가 이제 막 다리를 건너려 한 발 내딛었을 때 관광객은 아닌 듯한 50대 정도 되어 보이는 남자가 나에게 말을 걸었다. 'I think, you need help.' 사기꾼인 건 진작 눈치 챘다. 하지만 24kg짜리 캐리어를 들고 저 긴 다리를 건널 자신이 없던 나는 해맑게 웃으며 고맙다고 했다. 그는 그 무거운 캐리어를 한 번에 들어 어깨에 들추어 메고는, 성큼성큼 계단을 올랐다. 반 정도 올랐을 때 옆에 있던 무리들이 그를 보며 히히덕거렸고, 그도 그 무리들에게 웃어보였다. 돈 받을 생각에 신났겠지만, 그렇게는 안 되지. 그는 내 캐리어를 내려놓은 후 나에게 내 캐리어를 자기가 여기까지 들어다줬으니 8유로를 달라고 했다. 이미 예상한 나는, 최대한 불쌍한 표정으로 'Sorry, I don't have money.'라고 말했다. 그는 아주 단호하고 굳건한 표정으로 8유로를 내놓으라고 다시 한 번 말했지만, 이에 지지 않고 나도 다시 한 번 말했다. 그는 어이가 없다는 말투로 너 딱 봐도 관광객인데 무슨 돈이 없단 말을 하느냐고 짜증을 내기 시작했다. 나는 내 주머니에 있던 빈 봉투를 꺼내 (나는 지갑을 캐리어에 넣고, 그 날 그 날 쓸 돈을 봉투에 넣어 다녔다. 하지만 그가 내 짐을 옮겨줄 때 몰래 봉투에서 돈을 빼 휴대폰 케이스 안에 넣어놓았다.) '나 거지라 지갑도 없어서 봉투에 돈 넣어 다니는데 이 봉투에 들어있던 돈마저 잃어버렸어.'라고 말하니 포기하고 화를 내며 돌아갔다.

메롱. 감히 누구에게 사기를 치려고.

# 나의 기억으로 만든 필름이 있다면

: 기억의 값어치는 매길 수 없다

베네치아 부라노섬에서 본섬으로 돌아가는 수상버스 안에서

나는 바다나 호수, 한강 등 물가에서 보는 노을을 좋아한다. 윤슬(햇빛이나 달빛에 비치어 반짝이는 잔물결)을 굉장히 애정하기 때문이다. 하늘에서 찬찬히 지는 노을도 좋지만, 노을빛이 물결에 반사되어 일렁이는 것이 나는 그렇게나 예뻤다.

부라노섬에서 본섬으로 돌아가는 수상버스 안은 자리가 만석이었다. 때문에 조금 쌀쌀했지만 어쩔 수 없이 밖에 서 있었다. 휴대폰 배터리도 얼마 없어 그냥 멍하니 서 있었다.
그러나 몇 분 후 나는 밖에 서 있던 것을 행운으로 여기게 되었다. 나의 건너편 하늘에서 찬란한 풍경이 펼쳐지고 있었기 때문에. 그것도 내가 가장 애정하는 풍경이 말이다. 너무 예뻐 멍하니 넋을 놓고 바라보았다. 사진으로도 남겨야겠다 싶어 배터리가 얼마 남지도 않은 휴대폰을 켰다. 근데 내 앞에 또래처럼 보이는 남자가 자꾸만 나의 카메라 앵글 속에 노을과 함께 담겼다. 어떻게 해야 깔끔하게 노을만을 담을 수 있을까 휴대폰을 들고 왔다 갔다 하던 찰나, 그는 자신 때문에 내가 곤란해 하고 있다는 걸 눈치 챘는지 옆으로 살짝 비켜주었다. 덕분에 예쁜 노을을 나의 카메라 속에 담아올 수 있었다.

본섬으로 돌아온 후 저녁의 베네치아 거리를 거닐었다.

가면의 도시답게, 거리에는 가면을 쓰고 여기저기 거리를 활보하는 아이들이 많았다. 이곳도 참 평화롭구나. 한 시간 정도 천천히 거리를 거닐던 도중, 배가 고파오기 시작했다. 하루 종일 아무 것도 안 먹었으니 배가 고플 수밖에….

어딜 갈까 하며 어느 골목길을 지나치던 도중, 한 가게가 눈에 띄었다. 가게 밖에 걸려있는 음식 사진들이 너무 맛있어 보이는.

고민 않고 들어갔다. 손님은 나밖에 없던 굉장히 한가한 가게. 메뉴판을 보니 생각보다 종류가 다양했다. 고심 끝에 고블린 피자와 스파클링 와인 한 잔을 주문했다. 얼마 지나지 않아 나온 고블린 피자의 비주얼은 생각보다 단순했다. 얇은 도우와 치즈 그리고 페퍼로니. 그 위에는 파슬리를 약간 뿌린 것 같다. 한국의 피자는 굉장히 많은 토핑들이 올라가있는데 이 피자는 굉장히 최소한의 재료들로만 이루어져 있네. 맛있을까? 한 입 베어 물자마자 그 생각은 단번에 사라졌다. 이렇게 맛있는데 왜 사람이 없지? 천천히 허기진 배를 채웠다.

음식 사진만 보고 들어가 버려서 가게 이름이 뭔지도 모른다. 가게 이름은 보고 올 걸, 아쉬움이 남는다. 나오니까 어느덧 8시다. 베네치아에서의 하루가 이렇게 가고 있다. 바로 숙소로 가기는 아쉬워 베네치아의 광경이 모두 보인다는 유명한 리알토 다리로 올라갔다.

베네치아의 야경은 뭐랄까, 마치 그림 같았다. 그 문장이 가장 잘 어울린다. 물 위에 떠있는 건물들은 현실을 망각하게 만든다. 세상에는 예쁜 것들이 이렇게나 많구나. 그 순간 많은 생각이 들었다.

내가 살아온 지난날들을 되돌아보니 괜시리 마음이 울적해져버렸다. 나는 이렇게나 사소한 것들에도 크게 행복을 느끼는 사람인데, 한국에서의 나는 행복하다고 생각한 적이 거의 없네. 그래서 내 삶이 불행했던 거겠지?

이탈리아에서의 나는 행복하다는 생각을 가장 많이 했다. 단언컨대, 한국에서 살아온 18년보다 여태까지 이탈리아에서 보낸 일주일이 더 가치 있다. 다음 생에 태어날 기회를 고를 수 있다면, 한국에서 30년을 살지 이탈리아에서 30일을 살지 고르라 한다면 나는 고민 없이 이탈리아에서 30일 간의 삶을 선택할 것이다.

이런 저런 생각을 하며 턱을 괴고 풍경을 바라보던 도중, 한국에 있는 친구에게서 영상통화가 걸려왔다. 새벽 4시인데 잠이 오지 않는단다. 친구에게 리알토 다리의 풍경을 보여주니 너무 아름답다면서 부럽다고 말한다. 10분여 정도의 통화를 마치고 나니 배터리가 거의 다 닳아간다. 3%다. 베네치아는 길이 복잡해서 지도 없이 길을 찾기가 무척 어렵다. 지도를 봐도 길을 헤매는 게 베네치아다. 휴대폰이 꺼지기 전에 숙소에 가야만 했다. 휴대폰이 꺼질까 무서워 빠르게 발걸음을 옮겨 겨우 숙소에 도착했다.

# 시간이 멈춘 도시, 마테라

: 마테라에 도착하기까지의 여정

마테라에 도착하기까지 정말 정신적으로도 육체적으로도 너무 험난한 시간을 겪었다. 오전 8시 30분에 숙소에서 나왔는데, 오후 8시에 마테라에 도착했다. 마테라로 향하는 여정이 이렇게나 험난할 줄이야. 이 힘든 여정은 베네치아 숙소를 나서면서부터 시작 되었다.

아침 7시에 일어나 눈도 제대로 뜨지 못 한 채 부랴부랴 준비를 했다. 24kg이나 나가는 캐리어를 끌고 4층을 내려가야 했는데, 그 호텔의 계단은 유난히 보폭이 좁고 턱이 높았다. 유럽에서는 신식건물이 아니라면 대부분의 계단들이 보폭이 좁고 턱이 높다. 근데 이 호텔의 계단은 유난히 더 그랬다. 발 한 번 헛디디면 뼈도 못 추릴 것만 같았다. 내려가기가 두려워 계단 앞을 서성이고 있었다. 진짜 캐리어 굴려서 내려갈까 고민을 백 번 정도 했다. 그 때 옆방을 쓰던 여자가 나왔는데, 나를 보더니 내가 캐리어 때문에 못 내려가고 있다는 걸 눈치 챘는지 도와줄 테니 같이 내려가자며 도움을 건넸다. 감사 인사를 전하고 그녀와 함께 일 층까지 무사히 도착했는데, 그녀가 갑자기 다시 계단을 올라갔다. 나는 당연히 내려가는 길에 나를 도와준 줄 알았는데, 그게 아니었다는 걸 알고 미안한 마음과 너무 고마운 마음이 섞여 그녀를 따라 올라가 연신 고맙다고 했다. 그녀 덕분에 무사히 계단을 내려오고, 아침 8시 30분에 체크아웃을 했다. 그녀가 아니었다면 정말 계단에서만 30분을 소비했을 거고, 아마 제시간에 버스를 타지 못 했을 것이다. 그녀 덕분에 겨우겨우 버스 정류장에 도착해 버스를 타고 한 시간 후 공항에 도착했다.

공항에 도착해 바리로 가는 모바일 탑승권을 프린트한 종이를 꺼내려는데, 웬 걸 가방을 아무리 뒤져봐도 없었다. 분명 베네치아 호텔 직원에게 전 날 프린트를 부탁해서 받아왔는데, 아마 허겁지겁 나오느라 숙소에 두고 온 듯 했다. 나의 항공권 수화물 무게 규정은 20kg이었는데, 내 캐리어 무게는 24kg이었다. 그 부분은 이미 체념했기에 벌금을 낼 각오로 왔는데 그 상황에 프린트 종이까지 두고 온 것이었다. 어떡하지, 한참을 생각하다가 결국 자포자기 심정으로 카운터로 향했다.

내가 왜 이렇게 긴장했냐면, 내가 이용한 이 항공은 "라이언 에어(Ryan air)"였다. 라이언 에어는 유럽의 저가 항공사지만, 그만큼 악명 높기로 소문이 났다. 항공권이 싼 대신 모든 것에 추가 비용이 붙고 탑승권을 프린트 해오지 않는다거나, 사전 체크인을 안 한 경우, 수화물이 규정된 무게를 초과한 경우 등 여러 가지 사항에서 굉장히 깐깐하며 벌금이 어마무시하다. 줄을 서 있는데, 사람이 줄어들수록 진짜 식은땀이 줄줄 났다. 드디어 내 차례가 왔을 때, 죄를 지은 사람 마냥 심장이 마구 뛰었다. 캐리어를 올린 후 직원에게 탑승권 프린트를 못 해왔다며 모바일 탑승권을 보여주었다. 그녀는 웃으며 괜찮다고 말했다. 그리고는 내 캐리어 무게를 보고도 그냥 보내주었다. 모바일 탑승권 프린트로 비행기를 타야 한다고, 카운터에서 탑승권을 주지 않는다고 들었는데 직원이 나에게 탑승권을 주었다. 뭐지? 인터넷으로 여기저기 알아봤을 때는 다들 벌금을 심하게 물었다는데. 안도의 한숨을 내뱉고는 얼떨떨한 심정으로 같이 안절부절 했던 엄마에게 카톡으로 상황을 이야기해주니 엄마가 '럭키걸'이라며 웃었다.

연착 없이 무사히 제시간에 바리에 도착했다. 부랴부랴 공항을 나와 마테라로 가는 버스를 찾았다. 그런데 한 15분 정도 기다렸을까, 아무리 기다려도 버스는 출발할 기미가 보이질 않았다. 이 버스를 타야 바로 마테라로 가는 건데, 나는 이 방법 말고는 어떻게 마테라로 가는지 몰랐다. 마테라는 아직 한국인들에게 유명하지 않아서 아무리 마테라로 가는 방법을 검색해도 정보가 나오질 않는다. 머리가 살짝 복잡했지만, 에라 모르겠다 심정으로 바로 옆에 있던 지하철 입구로 내려갔다. 노선을 보니 바리 중앙역으로 가는 지하철을 탄 후 거기서 마테라 중앙역으로 가는 지하철을 타면 되겠군.

바리와 마테라는 동양인들이 많이 방문하지 않는 곳이다. 유럽에서도 아시아에서도 유명하지 않다. 아마 마테라를 아냐고 물어보면 모른다고 대답하는 사람들이 대다수일 것이다. 마테라는 이탈리아 사람들도 신기하게 여기는 곳이니까. 그래서 그런지 내가 캐리어를 끌고 지하철을 기다리고 있을 때, 모든 시선이 나에게 집중되었다.

바리 중앙역에 도착한 후 마테라 중앙역으로 가는 지하철을 타러 갔다. (알고 보니 지하철이 아니라 기차였다.)

도착했더니 이게 뭐람, 지금 3시인데 다음 기차 출발 시간이 4시 50분이란다. 친구라도 있으면 좋았을 텐데, 혼자서 2시간을 기다리기에는 너무 지루한 시간이었다. 낙담한 채로 어쩔 수 없이 4시 50분이 되길 기다리던 도중, 갑자기 출발 시간이 4시 10분으로 바뀌었다. 다행이라 안도하며 노래를 듣고 있었는데, 한 노인이 나에게 말을 걸었다. 그녀는 나에게 마테라로 가냐고 물었다. 그렇다고 하니 자기도 딸을 보러 마테라로 간다고 말했다. 출발 시간 전까지 그녀와 대화를 나누었다. 시간 가는 줄 모르게 대화를 나누다 보니, 어느새 기차가 도착했다.

기차를 타고 마테라로 가는 동안 너무 피곤해서 깜빡 잠이 들었다가, 어디선가 들려오는 안내방송 때문에 6시 쯤 눈을 떴다. 졸린 정신을 부여잡고 무슨 내용인지 들어보니 여기가 종점이란다. 창밖을 봤는데 아무 것도 없는 휑한 기찻길이었다. 너무 졸린 탓에 내가 잘못 이해한 줄 알았더니 기차가 멈추자 정말 기차 내의 모든 사람들이 내리기 시작했다.

여기가 마테라라고? 멘붕이 온 나는 기차를 타기 전 대화를 나누었던 노인에게 여기가 마테라가 맞느냐고 물었다. 근데 알고 보니 그녀도 초행길이었던 것이다. 그녀도 당황하며 여기가 어디냐고 황급히 고개를 둘러보기 바빴다. 사람이 그렇게 많지 않았는데, 모두가 당황한 상태였다. 심지어 날은 너무 추웠고 휴대폰 유심도 먹통이었다. 여기서 길을 잃는 건가, 더 멘붕이 온 나는 마테라로 괜히 가려고 했나 엄청난 후회를 했다. 근데 그 때 당황하지 않고 휴대폰을 하던 여자가 한 명 있었는데, 그녀에게 여기가 마테라냐고 물었더니 여기는 마테라로 가는 경유지고 곧 마테라로 가는 다른 기차가 들어올 거라고 했다. 너무 무서웠던 나는 그녀의 말을 듣고 곧바로 안심한 후 초행길이었던 노인에게도 알려주었다. 그녀도 나의 말을 듣고는 연신 가슴을 쓸어내렸다. 10분 후 기차가 들어왔다. 기차 안에서 긴장이 풀려버린 나는 또 잠에 들었다. 두 시간 정도 기차는 계속 달렸고, 나는 겨우 마테라에 도착했다.

기차역에서 나와 마주한 마테라는 나의 상상과 많이 달랐다. 마테라는 구시가지와 신시가지로 나뉘어져있는데 나는 기차역에서 나오자마자 내가 상상한 마테라의 구시가지 모습이 펼쳐질 줄 알았다. 살짝 김이 빠져 힘없이 캐리어를 끌고 천천히 숙소 쪽으로 내려갔다. 조금 내려가니 광장이 펼쳐졌는데 그 곳에 사람들이 굉장히 몰려있었다. 한 걸음 내딛을 때마다 많은 시선이 쏟아졌다. 거의 한 걸음에 열 시선. 로마나 베네치아에서도 이 정도는 아니었는데, 새삼 "이곳에 동양인이 정말 안 오는 구나" 생각했다.

광장을 지나 골목으로 들어가니 마치 동화책 속으로 빨려 들어가듯, 순식간에 신시가지에서 구시가지로 변하는 곳이 있었다. 그 곳에 발을 딛자마자, 눈앞에는 "나의 상상 속 마테라"가 펼쳐졌다.

구석기 시대부터 사람들이 협곡의 동굴 속에 거주지를 만들어 생활했고, 15세기 말에 이 풍경이 완성되었다고 한다. 내 눈앞에 펼쳐진 이 풍경을 보자마자 든 생각은 정말 이 곳만 시간이 멈춘 것 같았다. 경이롭고 신비했다. 동화 같은 이곳의 풍경을 보고 있자니, 나는 마테라에 오길 잘했다는 생각이 들었다. 오는 길은 비록 힘난했을지라도 말이다. 아까 기찻길에 덩그러니 놓여졌을 때 마테라에 괜히 가려고 했다며 후회했던 것을 후회했다. 숙소로 가다가 발길을 멈추어 그 풍경을 하염없이 바라보았다.

# 정처 없는 여행자

: 낡고 느린 회색 도시에 반하다

전 날 몸이 어지간히 피곤하긴 했나 보다. 눈을 떴는데 오후 3
시가 넘어가고 있었다. 얼마나 푹 잤으면, 눈도 부었다. 재빨리
씻고 나갈 준비를 했다.

사실 한국에서의 나였다면 일어나서 부은 눈을 보자마자 눈의
붓기를 빼려고 악착같이 노력했을 것이다. 눈을 꾹꾹 눌러대고
차가운 숟가락을 얹고 있었겠지. 나는 타인에게 보이는 나의 얼
굴에 대해 과도할 정도로 신경을 쓰곤 했다. 얼굴이나 눈이 붓
는 것이 너무 싫었고, 얼굴에 뾰루지가 나는 것도, 화장이 지워
지는 것도, 아이라인이 짝짝이인 것도, 피부 컨디션이 좋지 않
은 날이면 피부 화장이 둥둥 뜨는 것도 싫었다. 정작 타인은 나
의 모습에 큰 관심이 없다는 것을 알면서도 나는 얼굴에 조금
이라도 문제가 생기면 집 밖으로 나가길 싫어했고, 언제나 '나
오늘 별로지 않아?'라는 말을 달고 살곤 했다. 하지만 이탈리아
에서의 나는, 확실히 타인의 시선과 나의 얼굴에 신경을 덜 쓰
고 있다. 나는 늘 눈을 커 보이게끔 눈두덩이에 섀도우를 넓게
바르고 아이라인을 길게 빼고 속눈썹을 바짝 올리곤 했는데, 이
탈리아에 온 이후부터는 눈 화장이 확실히 연해졌다. 뾰루지가
나도 그것을 가리려 두껍게 컨실러를 덧대어 바르지도 않았다.
이곳의 나는 확실히, 자유롭다.

오늘 아침, 눈이 부었음에도 불구하고 별 생각 없이 화장품을
집어든 나를 문득 보았을 때, 나는 내가 만들어놓은 틀 안에서
또 한 번 자유로워지곤 했다.

이탈리아에서는 몸매가 좋지 않은 여자가 딱 붙는 레깅스를 입어도 아무도 신경 쓰지 않는다. 긴 머리의 노인이 화려한 색으로 머리를 염색해도, 누군가가 난해한 무늬가 있는 바지를 입어도, 길거리에서 노래를 흥얼거려도, 아이라인이 아무리 길어도, 검정색 립스틱을 발라도, 전혀 어울리지 않는 색을 조합해 옷을 입어도 말이다. 몸매가 어떻던, 머리가 어떻던, 화장이 어떻던, 어떤 옷을 입던, 나이가 몇이던 간에 이곳에서는 아무도 신경을 쓰지 않는다. 그리고 아무도 눈치를 보지 않는다.

내가 어떠한 사람이든 내가 하고 싶은 것을 하고 내가 입고 싶은 것을 입는다는 건 너무나도 당연한 일이지만, 그 당연한 것들을 보며 나는 참 많은 것을 배웠다. 그들을 보며 우리나라에서는 나를 포함한 꽤 많은 사람들이 타인의 시선에 너무 많은 신경을 쏟아 붓고 있음을 다시 한 번 크게 느꼈다. 타인의 시선에 억압 받고 위축되어 원하는 것을 하지 못 하는 사람들을 많이 보았다.

모두가 부디 자유로워졌으면, 타인의 틀에 갇혀 살지 않았으면 좋겠다.

생각을 마치고 준비를 끝낸 후 부랴부랴 숙소를 나섰다.

숙소를 나와 내 눈앞에 펼쳐지는 풍경에 또 한 번 감탄했다. 내가 또 언제 이곳을 와볼까, 내가 또 언제 이런 풍경을 볼 수 있을까. 두 눈과 휴대폰 카메라 속에 이 풍경들을 찬찬히 담았다. 마테라는 그리 넓지 않았다. 다섯 시간이면 다 돌아볼 수 있을 정도였다. 귀에 이어폰을 끼고 내가 가장 좋아하는 가수 Post Malone의 Circles를 들으며 느긋하게 발걸음을 옮겼다.

로마에서도 그랬듯이, 나는 언제나 정처 없는 여행자다. 노래를 들으며 발길이 닿는 대로 돌아다녔다.

저녁 7시 즈음 마테라의 구시가지 풍경이 한 눈에 보이는 곳에서 사진을 찍고 내려오는 길에 한 남자가 나에게 말을 걸었다. 그의 이름은 Lustam, 21살 우크라이나 출신이었다. 그는 일 때문에 마테라로 왔고, 마테라에 거주한 지는 얼마 되지 않았다고 했다. 그는 영어와 이탈리아어에 굉장히 미숙했기 때문에 우리는 일일이 번역기로 대화를 나누었다. 그럼에도 불구하고 그와 나는 많은 대화를 나누었다.

그와 오늘 밤 달이 유난히 예쁘다는 낭만적인 이야기를 나눈 순간이 좋았다. 그와 마주 보며 커피를 마시던 순간은 즐거웠고, 서로에 대해 이것저것 물어보던 순간은 다정했다. 나의 머리색이 예쁘다고 말해준 순간도 행복했고, 함께 마테라의 밤을 거닐었던 순간도 좋았다.

나는 늘 여행지에서 만난 사람들로 그 곳을 추억한다. 여행지가 아무리 예뻤다 해도 그 곳에서 만난 사람이 좋지 않은 사람이었다면, 훗날 그 여행지를 기억할 때도 그 곳을 아름답게 기억하지 않는다. 나에게는 인연이 가장 중요하기 때문에.

고마워 Lustam.
나의 기억 속 마테라는 너로 인해 예쁜 곳으로 추억 될 거야.

# 친절 속에서 배우는 삶

: 영영 이곳을 그리워하게 될 것들

마테라에서의 짧고 강렬했던 2일 간의 기억을 소중히 간직한 채, 어느덧 피렌체로 떠날 시간이 찾아왔다. 피렌체를 가기 전 피사에 잠시 들렀다 갈 예정이다. 피사로 가려면 마테라에서 버스를 타고 바리 공항으로 간 후, 피사 공항으로 가는 비행기를 타야 된다. 피사에서 피렌체까지는 기차로 한 시간 정도 소요된다.

바리 공항으로 가는 버스 시간은 새벽 5시였다. 나는 머리도 길고 화장도 꽤 진한 편이라 준비할 때 거의 1시간 30분-2시간이 걸린다. 3시에 일어날 자신이 없었던 나는 결국 밤을 새기로 했다. 휴대폰을 하다가 3시부터 느긋하게 준비를 시작했고, 4시 30분에 숙소를 나섰다. 버스를 타자마자 기절하듯 잠들었다. 옆자리에 앉은 꼬마가 나를 깨워준 덕에 겨우 내릴 수 있었다.

비행기 탑승게이트 안에는 사람이 굉장히 북적거렸다. 먼저 가라며 나는 길을 비켜 서 있었다. 근데 내가 먼저 온 걸 보았는지, 20대 정도 되어 보이는 젊은 여자가 'Prego.(먼저 가세요.)'라며 나에게 길을 터주었다. 'Grazie!(감사합니다!)' 그녀에게 짧게 감사인사를 전하고 비행기에 탑승했다.

비행기를 타자마자 미친 듯이 잠에 취해 또 곯아떨어졌다. 나는 내 무릎에 안내 책자, 휴대폰, 보조배터리, 여권, 목도리를 올려두고 잠에 들었다가, 비행기가 착륙할 때 상당히 빠르게 하강하는 느낌에 눈을 떴다. 근데 그 때 무릎 위에 놓인 물건들이 앞으로 쏠리고 있었는데, 옆자리에 앉은 중년 남자가 내 물건들이 쏠려서 바닥으로 쏟아질까 걱정됐는지 한 손으로 조심스레 내 물건들을 받쳐주고 있었다. 나는 눈도 제대로 못 뜬 채 비몽사몽한 정신으로 'Grazie mille.(정말 감사합니다.)'라고 말하니 그는 그저 웃어보였다.

타국에서 받는 이런 사소한 배려들을 나는 사랑한다. 그리고 잊지 못 한다. 이다지도, 한국에 가면 영영 이탈리아를 그리워하게 될 것들이 나에게는 매일 매일 생겨나곤 했다.

피사에 도착한 후 공항을 나서는데, 그 때 갑자기 부슬부슬 비가 내렸다. 황급히 우산을 꺼내고 버스 정류장으로 향했다.

간신히 버스 정류장에 도착을 하긴 했는데, 나는 이탈리아에서 여태까지 버스를 딱 한 번 타봤다. 오늘 마테라에서 바리 공항으로 갈 때. 버스 기사에게 직접 표를 구매하면 된다고 내가 머물었던 숙소의 호스트가 알려주었다. 하지만 피사에서는 버스표를 어떻게 구매해야 하는지 잘 몰랐다. 어딘가에 가서 사야 하는 건지, 아니면 여기도 마찬가지로 버스 기사에게 직접 구매하면 되는 건지. 인터넷으로 다급하게 정보를 찾던 도중 현지인으로 보이는 모녀가 버스 정류장으로 왔는데, 고민하다가 모녀에게 다가가 혹시 버스표를 따로 구매해야 하는 건지 물었다. 그러자 모녀 중 딸이 웃으며 나를 버스 정류장 옆 슈퍼로 데려가서 버스표 구매 방법을 알려주었다. 그녀에게 물어본 게 머쓱할 정도로 간단했다. 주인장에게 버스표 달라고 말하기만 하면 된다. 그녀는 웃으며 내게, 이탈리아에서는 대개 작은 상점이나 슈퍼에서 버스표를 판다고 했다.

그녀의 친절함은 오늘 나의 기분을 좋게 만들기에 충분했다. 나에게 자리를 양보해 준 탑승게이트에서의 그녀, 내 물건이 쏟아질까 받쳐주던 기내 나의 옆자리 중년 남자, 그리고 표 사는 방법을 알려주었던 버스 정류장의 그녀. 사소한 것이라도, 친절함은 확실히 한 사람의 하루를 즐겁게 만들 수 있음을 또 한 번 깨달은 순간이었다.

# 피사의 사탑을 훔치다!

: 세상은 왜 기울었을까? -피사

버스에서 내려 10분 정도 걸어갔다.

걷고 걸어 긴 골목길을 지나니, 어릴 때부터 나의 호기심 대상이었던 피사의 사탑이 드디어 눈앞에 펼쳐졌다. 피사의 사탑은 실제로 보니 더 기울어져 있었다. 사진으로 보는 것보다 훨씬 더. 어떻게 저 각도로 서 있는 건지 놀라울 따름이었다. 다들 피사를 받치거나 미는 자세로 사진을 찍고 있었다. 그 모습들이 웃기고 귀엽기도 했는데, 그 풍경도 담아올 걸. 아쉽다.

사실 나도 어떤 자세로 찍을지 피사에 오기 전부터 생각을 했었다. 받치거나 미는 자세는 너무 흔한 것 같아서 고민 고민 하다가 문득 가방 안에 피사의 사탑이 들어있는 사진을 찍고 싶었다. 그 자세도 사실 흔한 자세이긴 하지만.

피사의 사탑에서는 혼자 사진 찍기가 매우 힘들다. 그래서 사진을 찍어줄 누군가가 필요해 주위를 둘러보다가, 아주 작은 삼각대로 혼자 사진을 찍고 있는 한국인 남자를 발견했다. '사진 찍어드릴까요?' 내가 찍어준 사진이 마음에 들었는지 그는 활짝 웃으며 내 사진도 찍어주겠다고 했다. 나는 백팩을 메고 그 안에 피사의 사탑을 담고 싶었는데, 내 가방은 크로스백이라 어떻게 사진을 찍어야 할지 고민 하던 참에 문득 그의 가방이 눈에 띄었다. 그에게 조심스레 물었다. '혹시 가방 좀 빌려주실 수 있나요?' 그는 흔쾌히 빌려주었고, 사진도 내가 생각하던 그대로 찍어주었다. 그의 사진 실력 덕분에 마음에 드는 사진을 건질 수 있었다.

피사를 조금 더 눈에 담고 싶었지만, 아쉽게도 곧 기차를 타야 할 시간이었기 때문에 피사 중앙역으로 발걸음을 옮겼다.

*The lovely moments of Florence*

# 안녕, 피렌체
: 가을의 향기가 진한 도시

나의 쓸모없는 이 저질체력은 이탈리아에 와서도 어김이 없다. 오늘 잔 잠이라곤 도시 간을 이동하던 버스와 비행기, 기차 안에서 쪽잠 잔 게 전부이니 피곤할 수밖에. 그래서 피렌체에서의 첫 날은 대충 둘러보는 것으로만 만족했다.

전 날 잠에 들기 전, 피렌체는 얼마나 사랑스러운 도시일지 머릿속으로 상상하다가 잠에 들었고, 아침에 눈을 뜨자마자 설레었다.

피렌체 여행은 둘째 날, 바로 오늘부터 본격적으로 시작되었다.

내가 앞으로 17일 동안 지내게 될 곳.
오늘에서야 제대로 마주한 피렌체는 살짝 차가우면서도 로마보다는 좀 더 따스한 공기가 감돌았다. 겨울보다는 가을 같은 산뜻한 날씨.

계절마다 각각의 향기를 머금고 있다. 나는 사계절 중 가을의 향기를 가장 애정하곤 한다. 종이에 물 한 방울 톡 떨어뜨리면 가장자리에는 물이 서서히 스며들 듯, 가을은 그렇게 찾아온다. 햇살이 쨍하게 드리우는 뜨거운 여름날, 문득 시원한 공기가 서서히 나를 맴도는 찰나에 "가을이다."라고 느껴지는 그 순간을 나는 사랑한다. 가을의 향기를 굳이 문장으로 늘여놓자면, 가족들과 거실에 앉아 대화를 나누는 순간 안에서 나지막이 일렁이는 부드러운 고요함 혹은 사랑하는 이와 마주 앉아 서로의 눈을 바라보고 서로의 온기를 껴안을 때 느껴지는 포근한 다정함 혹은 어릴 적 친구들을 만나 옛날이야기를 나누며 추억에 한껏 밀려들 때 느긋하게 향수에 젖어드는 나른함 같다.

2월의 피렌체, 이곳에서는 내가 사랑하는 가을의 향기가 진하게 느껴졌다. 피렌체를 향해 여러 가지 만감이 교차했지만 그 중에서도 단연 선명한 것은 분명 사랑스러움이었다.

# 사랑에 빠지기까지 걸리는 시간

: 그저 스쳐지나갈 법한 것들을 그냥 지나치질 않아서

오늘 하루의 첫 계획은, 노을 지는 시간에 맞춰 피렌체의 가장 높은 건물인 두오모 쿠폴라에 올라가 노을 아래 잔잔히 흘러가는 피렌체를 감상하는 것이었다. 참고로 두오모 쿠폴라는 계단이 400개가 넘어 임산부나 노약자는 주의하라는 안내문이 적혀있고, 이곳에 올라가려면 사전예약이 필수다.

예약 시간은 5시였고, 4시 30분부터 가서 줄을 섰다. 정확히 5시가 되자마자 사람들을 입장시켜주었다. 내부로 조금 걸어 들어가니 계단이 있었는데, 두 사람이 나란히 걸을 수 없을 정도로 좁았다. 처음엔 괜찮다가, 끊임없이 계단만 오르려니 머리가 너무 어지러웠다. 둥글게 올라가는 나선형 계단이라서 더 그랬던 것 같다. 내 앞에 올라가던 사람은 너무 버거웠는지 나에게 먼저 올라가라고 한 뒤 벽에 기대어 쉬기도 했다. 그리고 10분 정도 올라갔을까, 너무 버거워하는 사람들을 위해 중간에 그만두고 내려갈 수 있는 출구도 있었다. 나는 쉬지 않고 계속 올라갔는데, 거의 20분 정도 소요된 것 같다. 밀폐된 공간 안에서 20분 간 계단만 오르니 속이 안 좋았고, 머리가 그렇게나 띵할 수가 없었다. 차가운 음료를 한꺼번에 들이마시는 것보다 더 띵했다. 오르면서 내가 20분 동안 쉬지 않고 계단만 오를 일이 살면서 얼마나 있을까 싶었다.

올라왔을 때에는 이제 막 해가 지기 시작하고 있었다.

나의 눈동자를 한가득 메운 피렌체의 전경은, 단 5초 만에 내가 이 도시를 사랑하게 만들었다. 단언컨대, 이 풍경을 직접 보고도 피렌체를 사랑하지 않을 사람은 없을 것이다. 20분을 투자해서 2년이 지나도 기억에 남을 순간과 마주할 수 있다면, 나는 400개가 넘는 이 계단을 언제든지 기꺼이 오를 수 있다. 하늘에 붉은 빛이 잔뜩 깔린 피렌체와 눈을 마주치는 동안 나는 만약 이게 꿈이라면 평생 눈을 감고 있어도 괜찮겠다고, 꿈속에서 평생을 지내도 좋을 것만 같다고, 아무도 나를 깨우지 않았으면 좋겠다고 생각했다.

해가 저물 때까지 그 광경을 하염없이 바라보다 내려왔다. 해가 저물고도 나는 내려가기가 아쉬워 계단 앞에서 자꾸만 머뭇거리곤 했다. 주위를 둘러보니 나와 같은 시간에 올라온 사람들은 이미 모두 내려가고 없었다. 하긴, 나만큼 풍경 하나에 이렇게까지 많은 의미를 부여하고 이렇게까지 아쉬워하는 사람이 얼마나 될까.

나는 자주, 사소한 것들을 지나치게 사랑하곤 한다. 그저 스쳐 지나갈 법한 것들마저도 그냥 지나치질 않아서 소중한 것이 넘친다. 그리고 늘 그것들을 마음 안에 꾹꾹 눌러 담고서는 닳고 닳도록 하염없이 사랑한다. 언젠가, 누군가 나에게 사랑하는 것이 무엇이냐고 묻는다면 나는 내가 사랑하는 수많은 것들 중에서도 단연 오늘 보았던 피렌체의 풍경이 떠오를 것 같다.

그리고 그 풍경은 내가 앞으로 살아가며 무너질 많은 고비들 앞에서 나를 살게 만들 것만 같았다.

오늘의 할 일은 끝났다. 가방에서 이어폰을 꺼내고 좋아하는 플레이리스트를 재생한 후, 주머니에 손을 푹 찔러 넣은 채 거리를 방황했다.

화려한 피렌체의 밤에 빠져들던 도중, 어느 젤라또 가게를 발견했다. 이 가게를 보니 문득, 로마에서 지내던 마지막 날 호기심에 먹어보았던 레몬 맛 젤라또가 생각났다. 트레비 분수 근처에 있는 이름 모를 젤라또 가게에서 먹었는데, 인공적인 레몬 맛이 아닌 정말 레몬 딱 그 자체인 맛이었다. 너무 맛있어서 정말 깜짝 놀랄 정도였는데, 시간이 조금 지나니 그 맛이 슬슬 가물가물했다. 그 날 이후로 그 레몬 맛 젤라또가 너무 먹고 싶어서 마테라에 있을 때 아무 가게나 들어가서 레몬 맛 젤라또를 먹었었는데, 내가 기억하는 그 맛이 아니어서 실망한 적이 있었다. 약간 인공적인 맛이 섞여있다고 해야 하나. 그 때 그 레몬 맛을 다시금 선명히 되새기고 싶어서 미미한 기대를 품고 눈앞의 젤라또 가게로 들어갔다. 들어가니 젊은 여자가 혼자 일을 하고 있었다. 그녀는 늦은 시간이었는데도 불구하고 피곤한 기색 하나 없이 밝게 인사를 건네주었다.

4유로짜리 컵을 고르고 레몬 맛을 골랐다.
한 입 먹자마자 눈이 확장되고, 저절로 감탄사가 튀어나왔다. 갓 수확한 레몬을 한 입 베어 문 듯 강렬한 새콤한 맛이 밀려왔고, 씹을수록 끝 맛은 달콤했다. 환상적이라는 단어가 가장 어울리는 맛이다. 분명 로마에서의 기억을 되살려주는 맛이다. 눈 깜짝할 새에 한 컵을 먹어치웠다.
그녀에게 가볍게 인사를 건네고 가게를 나서는데, 혀끝에 자꾸만 달콤한 레몬 맛이 맴돌았다.

# 타국에서 만난 한국인의 정

: 접히는 손가락은 줄어드는데, 아쉬운 것은 자꾸 늘어간다

생각해보니 레몬 맛 젤라또를 제외하고는 오늘 아무 것도 먹질 않았다. 밥을 먹어야 하는데, 오늘따라 기름진 이탈리아 음식들은 입맛이 당기지가 않았다. 짜고 기름진 음식보다는 살짝 매콤한 것이 먹고 싶어졌다. 이곳에서 짜고 기름지지 않는 음식이 뭐가 있을까 고민하던 중, 오늘 숙소에서 나오는 길에 보았던 한식당이 머릿속을 스쳐지나갔다. 한국을 떠나온 지가 벌써 2주 정도 지났기 때문에 때마침 고슬고슬한 쌀밥이 생각나기도 했다.

숙소 근처에 있던 한식당의 이름은 "ON"이었다. 직원은 두 명이었는데 둘 다 이탈리아인이었고, 사장님은 한국인. 가게 내부 사진은 없지만, 모든 면의 벽지가 연두색이라서 한국의 정겨운 분식집 분위기가 풍겼다. 가게 안에는 한국인이 대부분이었고, 외국인들도 몇 몇 눈에 띄었다. 한식당 온의 메뉴는 매콤 닭갈비 볶음밥, 불고기 덮밥, 소고기 국밥, 해물 야채전, 해물 김치전, 비빔밥, 떡볶이, 조각치킨 등…, 상당히 많았다. 가격은 8유로-12유로였다. 한화로는 10,000원-16,000원 정도. (유럽에서 파는 아시안 푸드는 대부분 가격대가 있는 편이다.) 나는 매콤한 것이 먹고 싶었던 참이라 망설임 없이 매콤 닭갈비 볶음밥을 주문했다.

음식이 나왔다. 손님이 많았던 걸 감안하면 음식은 꽤나 빠르게 나오는 편이었다. 15분 정도. 근데 메뉴판에 분명 "매콤" 닭갈비 볶음밥 이라고 써져있었는데 한 입 먹자마자 든 생각은 생각보다 달달했다. 내가 생각했던 맛이 아니라서 처음에는 조금 당황했지만, 내가 생각한 맛과 달라서 당황한 것 뿐 맛이 없는 건 아니었다. 이내 그릇까지 싹싹 긁어먹었다.

다 먹어갈 때 즈음에 사장님이 조심스레 나에게 다가오셨다. 혹시 나이가 어떻게 되냐고 물으셨고, 나는 올해 19살이라고 대답했다. 나를 처음 봤을 때 되게 어려보인다고 생각은 했는데 10대일 줄은 몰랐다고 하셨다. 사장님은 이곳에 오는 손님들은 가족 단위로 오거나 친구들과 함께 혹은 30-50대 분들이 혼자 오는 경우가 대부분이었다고, 나만큼 어린 사람이 혼자 온 것은 처음 보았다고 하셨다. 그리고는 '혹시 떡볶이 좋아하세요? 조금 먹을래요?'라고 하셨다. 사장님은 내가 어린 나이에 혼자 세상을 구경하는 게 멋있고, 무엇보다 한국에 있는 딸이 생각 나 좀 더 챙겨주고 싶다고 하셨다. 나는 연신 감사인사를 전했고, 떡볶이를 먹는데 왜인지 모르게 자꾸만 마음이 울컥했다. 타국에서 만난 한국인의 정은 너무나 따뜻했다. 따뜻하다 못 해 마음 한 구석이 시큰거렸다.

그 순간 깨달았다. "아. 마음이 시큰거린다는 게, 꼭 슬픈 의미로만 존재하는 것은 아니구나."

숙소에 돌아와 잘 준비를 마치고, 오늘 있던 일들을 되새김질했다. 고단하게 수많은 계단을 오르니 평생을 잊지 못 할 풍경과 마주하고, 우연히 발견한 가게에서 잊혀져가던 로마의 레몬 맛 젤라또를 다시 한 번 마음에 진하게 새기고, 세상에는 조건 없는 친절도 반드시 존재한다는 것을 느꼈다.

매일 밤마다 이곳에서의 남은 날을 손가락으로 자꾸만 세어본다. 접히는 손가락은 자꾸만 줄어드는데, 아쉬운 것들은 자꾸만 늘어간다. 아쉬운 감정을 더 이상은 만들고 싶지 않았는데, 나의 마음은 야속하게도 하루가 지날수록 아쉬운 것들을 자꾸만 한 움큼씩 가져온다. 벌써부터 다시 한국으로 돌아갔을 때의 삶을 예상한다. 그 곳에서의 나는 한 번도 행복한 적이 없었는데…, 벌써부터 이탈리아가 그립다. 오늘따라 잠에 들기가 싫다. 내일이 되면 접히는 손가락이 또 하나 줄어드니까. 오늘을 오늘이라 부를 수 없게 되니까.

그렇게 아쉬운 채로 눈을 감았다. 내일도 부디 행복하길 바라면서.

# '오늘 계획 없으면 같이 시에나 갈래요?'

## : 평화로움을 실체화 한 곳

오늘은 피렌체의 근교 도시인 시에나(Siena)에 당일치기로 다녀왔다. 피렌체에 온 지 3일 째 되는 오늘, 나는 피렌체에서의 첫 동행을 만났다. 처음에는 조금 어색했으나 같이 버스를 타고 시에나로 가는 동안 다행히 어색함이 많이 풀렸다. 그는 스물한 살이었다. 나와 두 살 차이.

오늘 원래 시에나를 갈 생각은 없었지만, '오늘 계획 없으면 같이 시에나 갈래요?' 그의 그 말 한 마디에 우리는 즉흥으로 시에나에 가게 되었다. 시에나는 피렌체에서 버스를 타고 1시간 30분 정도 소요된다.

모두가 그렇겠지만, 나는 소위 "꼰대"라고 불리는 부류들을 좋아하지 않는다. 상대방의 이야기를 끊고 갑자기 자신의 이야기를 꺼내는 사람, 말하는 어투에 허세와 텃세가 가득 차있는 사람, 타인의 말을 경청할 줄 모르는 사람, 자신의 이야기만 구구절절 늘어놓는 사람…, 그리고 그런 화법이 상대를 기분 나쁘게 한다는 걸 모르는 사람.

나는 새로운 사람들을 만날 때마다 늘 걱정이 없잖아 있었다. 나이가 어리다고 나를 얕보지는 않을까 하는 걱정. 하지만 나의 걱정과 달리 그는 대화가 잘 통하는 사람이었다. 나의 이야기를 중간에 끊지 않고 끝까지 경청해주고, 말하는 어투에 누굴 가르치려는 느낌이 묻어나지 않는 사람, 타인의 생각과 가치관을 존중할 줄 아는 사람. 이게 당연한 것이지만 그렇지 않은 사람들이 참 많다. 그래서 나는 그와 대화할 때 편하다는 느낌을 많이 받았다.

시간 가는 줄 모르게 그와 대화를 나누다 문득 창밖을 내다보았더니, 어느덧 창밖에는 시에나의 풍경이 펼쳐지고 시작했다. 버스에서 내려 거리를 거니는데, 소도시인 이곳은 로마나 피렌체의 풍경과는 사뭇 달랐다. 캐리어보다는 유모차가 많았고, 놀러온 관광객보다는 집 앞 산책을 나온 것 같은 가족이 더욱 많이 보였다. 이곳의 첫인상은 다른 곳들에 비해 굉장히 잔잔하고 평화로운 곳이라고 느껴졌다. 특히 시에나의 대표 광장인 캄포 광장(Piazza del Campo)에는 유독 평화로움이 가득했다. 평화로움을 실체화 한다면 아마 여기, 시에나의 캄포광장이 아닐까 싶었다.

둘러보니, 캄포광장에는 의자가 없다는 사실을 깨달았다.
바닥에 누워서 가방을 베개 삼고 팔로는 눈을 가린 채 여유롭게 햇살을 맞으며 자는 사람도 있었고, 바닥에 마주 앉아 열심히 서로의 얼굴을 그려주던 연인도 있었고, 바닥에 엎드려서 하얀 도화지에 크레파스로 그림을 그리던 어린 아이들도 있었고, 동그랗게 옹기종기 앉아 과자나 도시락을 먹으며 대화를 나누는 사람들도 있었다. 이 광장의 바닥에서는 모든 것이 허락된 것 같았다.

내가 보았던 시에나의 캄포 광장은 잔잔하고 자유롭고
평화로운, 그래서 사무치도록 다정한 곳이었다.

이 광장의 바로 앞에는 수많은 레스토랑들이 자리를 차지하고 있었고, 레스토랑의 야외 테이블에 앉아 와인을 한 잔씩 시키고서는 광장을 구경하며 대화를 나누는 사람들이 굉장히 많았다.

푸른 하늘과 눈부시도록 쨍한 햇빛, 살랑살랑 일렁이는 시원한 바람, 지금 이 순간만큼은 들리지 않는 캐리어 끄는 소리. 그리고 그러한 풍경을 안주 삼아 와인을 마시는 사람. 시끌벅적하고 노래 소리와 캐리어 끄는 소리가 여기저기 들려오던 다른 도시들과는 다르게 잔잔한 이곳은, 너무나도 매력적이었다.

시에나의 계절은 뭘까, 마치 싱그러운 여름 햇살을 닮았다. 피렌체의 계절은 포근함, 다정함, 나른함 따위로 이루어진 가을이었다면 시에나는 정겨움, 평화로움, 행복으로 이루어진 여름 같다. 초등학생 때 친구들과 하교하면서 실내화 가방을 달랑달랑 흔들고 붉어진 얼굴로 근처 문방구에 가서 다 같이 시원한 것 하나씩 골라먹던 그 시절의 여름이 생각난다. 나는 콜라 맛 슬러시를 자주 먹곤 했다. 내 단짝 친구는 빠삐코를 좋아했고. 그 때가 생각난다. 정겹고, 평화롭고, 행복하다. 별 거 안 해도 행복한 시에나는, 그 시절의 여름과 닮았다.

우리도 광장이 한눈에 보이는 레스토랑의 야외 테이블에 자리를 잡았고, 복숭아 맛이 나는 스파클링 와인 벨리니(Bellini) 두 잔을 주문했다. 눈앞에 펼쳐진 풍경을 바라보며 마시는 와인은, 그 어느 때보다도 더욱 달콤하게 느껴졌다. 우리는 여기 참 평화로운 것 같다는 이야기를 나누기도 했고, 가끔은 서로 아무 말 없이 멍하니 광장을 바라보기도 했다. 이곳이 고향인 사람들 혹은 이곳에서 태어나 평생을 살아가는 사람들은, 이곳이 얼마나 사랑스러운 곳인지 알까. 나는 늙으면 이런 곳에서 여생을 보내고 싶다는 막연한 생각을 하곤 했다.

해가 질 때 즈음에 다시 피렌체로 가는 버스를 기다리는데, 벌써부터 마음이 아쉬워지기 시작했다. 몇 시간 사이 나는 또 사랑하는 것이 늘어버렸다. 사람들은 자유롭고, 풍경은 평화로운 다정한 시에나. 이곳만의 고유한 다정함이 반드시 그리워질 것만 같다.

# 다시, 피렌체

: 1유로와 사소한 친절 그리고 오래 된 엽서

오전 11시부터 빨래를 하러 나왔다. 편한 차림을 하고, 조그마한 가방에 빨래거리들을 바리바리 싸들고선 숙소 근처에 있던 셀프빨래방으로 향했다. 그 곳에는 세탁기 네 대와 탈수기 네 대가 있었고, 그 옆에는 세제자판기와 유로를 코인으로 바꾸어주는 자판기가 있었다. 1유로를 넣으면 빨래방에서만 사용 가능한 전용 코인 다섯 개가 나왔다.

1유로 지폐를 넣었는데 자판기가 자꾸만 지폐를 뱉어냈다. 혹시 내 지폐가 이상한 건가 싶어 다른 1유로 지폐를 넣어봤지만 그래도 똑같았다. 수차례 넣어보고서야 알았다. 아, 동전만 되는 구나. 하지만 내 수중에는 지폐밖에 없었던 탓에 결국 옆에 있는 슈퍼로 가서 바꾸려고 나가려는 찰나, 세탁기를 돌리고 의자에 앉아 기다리던 남자가 나에게 다가왔다. 계속 지폐를 넣던 나를 지켜보았던 것 같다. 한참을 머뭇거리다가 말없이 나에게 1유로 동전을 내밀면서 나의 지폐와 바꿔주겠다는 시늉을 했다.

그에게 가볍게 감사인사를 전하고 세탁기가 돌아가는 15분 동안 바로 앞에 위치한 가죽시장에 다녀왔다. 규모가 크지는 않았다. 설렁설렁 둘러보았는데 10분가량 걸린 것 같았다. 가죽시장에는 형형색색의 벨트와 가방, 모자 그리고 각종 기념품들이 다양하게 널려있었지만 나의 마음에 드는 것은 그다지 많지 않았다. 아, 그리고 그 곳을 지나다니면 상인들의 호객행위가 엄청나다. 몇 몇 상인들은 '이거 예뻐요', '여기 보고 가요', '이리 와 봐요' 등 한국말로 호객행위를 하기도 한다.

몇 바퀴를 둘러보았음에도 불구하고 내 마음에 확 와 닿는 것이 없었다. 그렇게 아쉬운 마음으로 터벅터벅 힘없이 빨래방으로 돌아가던 중, 나의 눈길을 끄는 것을 발견했다. 바로 피렌체의 다양한 풍경들이 담긴 빈티지한 엽서였다. (나는 엽서나 오르골, 필름카메라, 라디오, 오래 된 노래처럼 오로지 낡은 것들에게서만 느낄 수 있는 감성을 좋아한다.) 선물용 엽서 한 개와 내 것 두 개. 그렇게 총 세 개를 구입했다. 엽서의 가격은 개당 1유로였다. 이 엽서는 의미 있는 날 소중한 사람에게 선물해야겠다. 생각만 해도 기분이 좋다. 소소한 쇼핑을 마치고 가벼운 발걸음으로 빨래방으로 향했다.

# 피렌체가 주는 마음의 여유

: 내가 사랑한 피렌체의 소중한 순간들

셀프빨래방에 도착하니, 세탁기가 다 되기까지 5초가 남아있었
다. 끝날 타이밍을 잘 맞추어 도착해서 기분이 좋았다. 이곳에
서는 사소한 것 하나에도 쉽게 기분이 좋아지곤 한다. 마음의
여유가 생겨서 그런 걸까. 하긴, 한국에서의 나는 너무 치열하
게 살아가긴 했다. 따끈따끈한 빨래거리들을 세탁기에서 꺼내어
탈수기에 넣었다. 그리고는 바로 옆에 있는 슈퍼로 가서 오렌지
주스와 내가 가장 좋아하는 페레로로쉐 5개짜리를 하나 샀다.
주머니에서 주섬주섬 이어폰을 꺼내 가장 좋아하는 플레이리스
트를 틀고 오렌지 주스와 초콜릿을 먹으며 탈수기 작동시간이
끝나기를 기다렸다.
이상하게도 나는 그 시간이 좋았다. 그저 오전 11시에 편한 차
림으로 나와 쨍한 아침 햇살을 맞으며 빨래가 다 되기를 고즈
넉하게 앉아 기다리던 그 짧은 시간이, 좋아하는 노래를 들으면
서 오렌지 주스와 함께 초콜릿을 하나씩 까먹던 그 순간이 그
렇게나 좋았다. 정말, 정말로 별 거 아닌데. 어째서인지 언젠가
오늘 이 순간마저 그리워질 것 같다는 예감이 들었다. 열린 문
틈 사이로 가을의 향기가 들어와 코끝을 스친다.

나른하게 햇살이 드리우는 오전 11시,
나는 아마 그 시간의 여유로움을 사랑했던 것 같다.

몽글몽글한 기분을 간직한 채 숙소로 돌아갔다. 오늘의 계획은 유랑 카페에서 만난 동행과 같이 저녁을 먹는 것. 같이 저녁 먹을 동행을 구한다는 글을 보고 연락을 했는데, 그 사람에게 나 뿐만이 아닌 다른 사람들도 연락을 보냈다. 그래서 총 5명이서 만나게 되었고, 우리의 약속 장소는 오후 6시에 T본 스테이크가 맛있기로 유명한 "ZaZa" 레스토랑 앞이었다.

달콤한 낮잠을 자고 여유롭게 나갈 준비를 마치니, 약속 시간까지 2시간 정도의 여유가 생겼다. 피렌체는 늘 사랑스럽지만, 오늘 오후 4시의 피렌체는 나에게 유독 따스한 인상을 품어주었다. 내가 머무는 숙소에서 나와 5분 정도 걷다 보면 조그마한 공원이 하나 있는데, 이름 모를 그 공원에는 풀밭에 앉아서 책을 읽는 사람, 친구의 무릎에 누워 헤드셋을 낀 채 노래를 듣는 사람, 팔을 베개 삼아 누워서 여유롭게 잠을 자는 사람들 등… 많은 사람들이 있었다. 이곳을 보고 있자니, 마치 시에나의 캄포광장이 떠올랐다. 길고 커다란 나무로 인해 생긴 그늘 밑 잔디밭에서 여유를 즐기는 사람들. 그것은 나에게 시간이 지나도 따스한 기억으로 남을 것이 분명했다.
문득, 피렌체는 참 느리고 여유로운 것 같다는 생각이 들었다. 그리고 자연스레 나도 그렇게 변화해가고 있는 기분이다. 느리고 여유롭게 말이다.
이름 모를 공원을 하염없이 바라보고, 레몬 맛 젤라또를 먹고, 새로운 골목길을 거닐고, 지나가는 사람들과 가볍게 인사를 나누고, 오늘따라 유난히 푸른 하늘을 올려다보고, 나를 따라오는 길고양이와 함께 시원한 바람을 맞으며 산책을 했다. 사소한 즐거움들이 모여 행복이 되는 과정을 천천히 음미했다.

# 시간을 공유한 짧은 인연들

: 그러나 나는 늘 사소한 것들마저 사랑하는 사람이라


행복에 취해 길거리를 걷다 보니 어느덧 6시가 다 되어가고 있었다. 슬슬 ZaZa 레스토랑 쪽으로 발걸음을 돌렸다. 역시 유명한 곳이라 그런지, 많은 사람들이 줄을 서 있었고 직원이 문 앞에서 큰 소리로 예약자들을 호명하고 있었다. 수많은 인파 속에서 만나기로 한 동행을 겨우 찾아 레스토랑 안으로 들어갔다. 다른 3명은 조금 후에 도착했다.

이 레스토랑은 현지인들에게도 한국인들에게도 유명한 곳이다. 피렌체 맛집이라고 검색하면 이 레스토랑이 7할은 차지한다. 이 레스토랑의 편한 점이 있었는데, 그것은 바로 한국어 메뉴판! 우리 테이블을 맡은 직원은 우리에게 'Where are you from?'이라고 물었고, 한국인이라고 대답하니 그는 곧바로 한국어 메뉴판을 가져다주었다. 덕분에 메뉴를 주문하는 일이 훨씬 수월했다. 우리는 T본 스테이크 2개와 바다가재 파스타, 새우 리조또 그리고 각자 마실 와인을 한 잔씩 주문했다. 나는 스파클링 와인을 주문했다.

개인적으로 나는 이 레스토랑을 추천한다. 우선은 한국어 메뉴판이 있다는 것이 참 편리했다. 그리고 모든 음식의 간이 적절했다. (참고로 나는 짜게 먹는 편. 그러나 짜게 먹는 편이 아닌 다른 동행도 입맛에 맞는다고 했다. 너무 짜지도 너무 싱겁지도 않았다.) 음식도 꽤나 빠르게 나오는 편이었고, 웨이터도 친절했다. 살갑게 굴거나 먼저 말을 걸진 않았지만, 그렇다고 불친절하지도 않았다. 눈 마주치고도 모른 척 한다거나, 식기들을 성의 없이 내려놓는 그러한 태도는 전혀 보이지 않았다. 때문에 나는 이 레스토랑의 모든 게 마음에 들었다. 언젠가 피렌체에 또 오게 된다면 이곳에 또 오고 싶은 마음이다.

어색했던 우리는, 한 명씩 각자의 소개를 하며 자연스럽게 대화가 시작 되었다. 독일 교환학생 스물세 살, 스페인 교환학생 스물네 살, 그리고 500일 기념 유럽여행을 온 스물여섯 살 동갑내기 연인. 나는 이탈리아에 온 이후로 처음으로 한국인 여러 명과 모인 자리라서 마음이 들떠있었다. 시간이 얼마 지나지 않아 어색했던 분위기는 사라지고 편안한 분위기만 남았다. 인종차별에 대한 이야기, 여행을 오게 된 계기, 여태까지 만났던 사람들에 대한 이야기…. 나는 여태까지 한 번도 인종차별을 당한 적이 없다고, 내가 혼자 여행하며 만난 사람들의 이야기를 들려주니 이런 경우는 처음 본다며 모두가 놀랐다. 동행들의 이야기를 들어보니, 모두 인종차별 혹은 불친절한 사람들의 태도로 인해 기분 상한 적이 꽤 많았다. 나는 모든 사람들이 친절하고 다정한 줄 알았는데 그저 내가 운이 좋았던 거였다.

한국에서의 나는 나보다 나이가 많은 사람들과 이야기를 나눌 상황이 그다지 많지 않았다. 그래서 나는 나보다 나이가 많은 사람 여러 명과 모이는 자리에 간다면 (그 자리가 한국에서든 외국에서든 간에) 불편할 것 같았다. 그러나 막상 그런 상황에 놓여진 나는 상당히 편안함을 느끼고 있었다. 눈치를 보지도 않았고, 새로운 사람과 만나는 일에 대해 걱정이 많은 나임에도 불구하고 오히려 들떠있었다.

이런 저런 이야기를 나누다 보니 어느덧 8시, 시간이 훌쩍 지나갔다. 이대로 만남을 끝내기는 아쉬웠던 우리는, 다 같이 야경을 보러 가기로 했다. 어쩌면, 살면서 아예 모를 수도 있었던 사람들과의 헤어짐이 아쉬워 함께 있는 시간을 늘리는 것. 나는 그게 좋았다. 즉흥적으로 야경을 보러 가기로 한 것도 말이다.

우리의 목적지는 피렌체의 전경이 한 눈에 보일 정도로 높은 미켈란젤로 광장(Il David)이었다. 가는 길에 근처에 있던 코나드(CONAD : 한국의 이마트처럼 쉽게 볼 수 있는 이탈리아의 대형 마트)에 들러 각자 병맥주를 한 병씩 산 후 시원한 밤공기를 느끼며 천천히 언덕으로 향했다. ZaZa에서 30분 가량 걸었을까, 미켈란젤로 광장으로 올라가는 입구가 보였다. 입구에서 정상까지 모두 계단으로 이루어져있는데, 그 계단이 상당히 많았다. 나를 포함한 모두가 욕설을 내뱉으며… 힘겹게 계단을 올랐다. 하지만 그 많은 계단을 겨우 오르고 나니 눈앞에는 탁 트인 풍경이 펼쳐졌고, 그 풍경을 보자마자 모두 동시에 와- 하고 탄성을 내질렀다. 언덕의 정상에 도착하기까지 걸렸던 1시간은 금세 잊혀지고 기분 좋은 성취감이 순식간에 마음으로 밀려왔다. 캄캄한 하늘 밑의 피렌체는 시원함과 차가움 그 사이의 분위기가 맴돌았다. 색으로 치자면 청량한 푸른색과 쨍한 남색 그 중간 정도. 자꾸만 웃음이 나왔다. 시원한 밤공기 속에서 새로운 사람들과 내가 좋아하는 레몬 맛 맥주를 마시며 피렌체를 바라보고 있는 이 순간은, 돈 주고도 살 수 없는 행복이었다. 내가 만약 돈으로 무엇이든지 사고 팔 수 있는 세상 속에서 살고 있다면, 지금 이 순간만큼은 누군가가 몇 억을 준대도 팔고 싶지 않을 것 같다.

지금 이 순간이 지나가면 또 언제 볼지 모르는 사람들, 어쩌면 두 번 다시는 볼 수 없을 사람들. 그렇기에 더더욱 소중한 인연이 되었다.

# 백발노인의 열정과 많은 이들의 여유

: 피렌체는 내가 유독 사랑한 로마와 참 닮았다

오늘은 일어나자마자 노을을 보고 싶다는 생각이 들었다. 혼자도 좋지만 어제의 기억이 너무 좋게 남아서, 동행을 구했다. 행복은 나누면 배가 된다는 말을 어제 느꼈다. 나를 포함해 총 다섯 명이 함께 노을을 보러 가게 되었다. 세 명은 미켈란젤로 광장에서 만나기로 했고, 한 명은 나와 버스를 타고 같이 미켈란젤로 광장으로 가기로 했다.

약속 시간보다 일찍 숙소를 나서 또 거리를 거닐었다. 오늘도 피렌체는 따스하구나. 젤라또 가게로 가서 레몬 맛 젤라또를 먹고, 이곳저곳 돌아다니다가 4시 즈음 버스 정류장으로 가 먼저 만나기로 한 동행을 만났다. 서로 가볍게 인사를 나누었고, 내가 먼저 말을 걸며 대화를 이어나갔다. 그는 스물네 살이었고 처음 만나는 사람에게는 낯을 꽤 가리는 편이라고 했다. 그가 나에게 나이를 물었을 때 나는 한 번 나이를 맞춰보라고 했다. '한…스물셋 정도?' 내가 웃음을 터뜨리며 이제 열아홉 살 됐다고 말하니 그는 놀란 듯 눈을 크게 뜨며 정말이냐고 물었다. '나 그렇게 안 보이죠.'라고 말하니 그는 10대가 혼자 유럽여행을 올 거라고는 상상조차 못 했다고, 그래서 당연히 스무 살은 넘었을 거라 생각했다고 한다. 그리고 내가 딱 봤을 때 굉장히 화려해서 패션이나 뷰티 쪽으로 대학교를 다니나 생각했다고 말했다. (나는 이곳에서 사람들이 나이를 물어볼 때마다 몇 살 같이 보이냐고 묻곤 하는데, 단 한 명도 맞춘 사람이 없었다….)

버스를 타고 미켈란젤로 광장으로 가는 동안, 그는 처음보다 편안해보였다. 어색했던 표정이 한층 풀어졌고, 목소리가 커졌다. 말수도 늘었고. 내심 "내가 사람을 불편하게 만들지는 않았구나." 안도의 한숨을 내쉬었다.

미켈란젤로 광장에 도착해서 만나기로 한 동행 세 명을 만났다. 두 명은 스물네 살 동갑내기 친구였고, 한 명은 서른 살이었다.

광장을 한 바퀴 둘러보니, 계단 앞에서 몽글몽글한 구름이 가득한 하늘을 배경으로 노래를 부르던 백발의 노인이 눈에 띄었다. 제목은 모르지만 무언가 아련하면서도 감성에 깊게 스며드는 멜로디가 이곳의 분위기와 어울리는 그런 노래였다. 그의 행복한 표정과 박자에 따라 울리는 기타 소리와 그의 목소리는, 이곳을 한층 더 사랑스럽게 만들어주었다. 그를 보고 있자니, 로마에서 보았던 그가 떠올랐다. 바이올린을 연주하던 그가 말이다. 혹시 저 노인은 이곳에서 자주 길거리 공연을 하는 사람일까? 아니라면, 오늘 이곳에 온 나는 참 행운인 것 같다. 나는 그의 사무치는 열정과 계단에 앉아 그의 연주를 듣는 이들의 느긋함 그리고 노을을 보기 위해 이 광장으로 올라온 수많은 사람들의 여유로움을 사랑했다.
어느덧 서서히 노을이 지기 시작했는데, 그 풍경이 너무 아름다워서 한참을 바라보았다. 얼마나 아름다웠냐면, 멍하니 넋을 놓고 바라보기만 하느라 사진도 못 찍었다. 근처에 있던 자그마한 푸드트럭에서 병맥주를 사 마시면서 천천히 노을과 눈을 마주치는 일, 늘 그렇듯 나는 이러한 순간을 너무나 애정한다. 파란 하늘이라든가 붉게 저무는 노을, 몽글몽글한 구름, 밤길을 환하게 비추어주는 하얀 달빛과 작은 별 같은. 나는 하늘에서 이루어지는 모든 것들을 사랑한다. 하염없이 이곳을 느끼고 있자니, 문득 로마의 핀초언덕에서 느꼈던 감정이 다시금 되새겨졌다.

"이곳 사람들은 참 여유로운 것 같다. 그래서 사랑스럽고."

# 자꾸만 함께 하는 시간을 늘리는 일
: 시간을 손으로 잡을 수 있다면 얼마나 좋을까

노을이 다 저물고, 우리는 다 같이 저녁을 먹기로 했다. 생각이 통한 건지, 다들 한식이 땡긴다고 했다. 내가 며칠 전에 갔던 한식당 ON은 오늘 휴무여서 다른 곳으로 가게 되었다. 피렌체에는 유독 한식당이 꽤 많았는데, 그 중에서 우리는 "강남식당"이라는 곳으로 향했다.

이야기를 나누며 다 같이 걸어가던 도중 한 오빠가 SNS 아이디를 물어봤다. 나의 아이디를 알려주니 팔로워가 왜 이리 많냐며 깜짝 놀랐다. SNS에서 글을 쓰고 있고, 책을 세 개 냈다고 말했다. 모두가 나에게 "반전이 많은 사람"이라고 말했다. 사실 만나는 이들마다 내 이야기를 듣고 나면 이렇게 말하곤 했다. 그래서 익숙한 듯 웃으며 왜냐고 물으니 우선 나이가 열아홉 살이라는 것과 그 나이에 유럽여행을 혼자 온 것, 나이에 비해 말하는 것이 굉장히 성숙한 것, 까칠하고 도도하게 생긴 인상과는 다르게 이야기를 나눠보니 굉장히 잘 웃고 순한 사람인 것, 학교 다닐 때 패션 혹은 뷰티과일 것 같았는데 요업과였던 것, SNS에 내 사진이나 옷 입은 사진 혹은 SNS 특유의 감성적인 사진이 가득할 것 같았는데 글을 쓰는 것이 신기하다고 했다. 그리고는 고등학교 1학년일 때 책을 낸 것이 가장 대단하다고 말하니, 그 말을 들은 서른 살 언니가 너도 그 생각 했냐며 웃었다. 사람들이 나를 의외라고 느끼는 부분은 다 비슷비슷한 것 같다. 나와 둘이서 먼저 만났었던 그는 자기가 유럽 여행 하면서 만난 신기한 사람 TOP3에 내가 들어간다고 했다. 몇 번째냐니까 첫 번째란다. 엄청나게 대단한 사람이 된 것 같은 느낌에 괜시리 기분이 좋아 엄청 깔깔댔다.

이런 저런 이야기를 나누다보니 어느새 벌써 강남식당 앞에 도착했다. 사람이 많아 밖에서 15분 정도 기다렸다가 들어갔다. 각자 먹고 싶은 음식을 고른 후 다 같이 나눠 먹었다. 나는 라볶이를 골랐고, 동행들은 짬뽕, 고기돌솥비빔밥, 김치볶음밥, 제육볶음을 주문했다. 강남식당에서 가장 가격이 낮은 것은 8유로, 가장 높은 것은 13유로였다. 한화로는 10,000원-17,000원 정도. 주문을 마치고 이야기를 하던 도중, 갑자기 구수하고 기름진 고기 냄새가 확 풍겼다. 어디서 나는 냄새인지 고개를 돌려보니 우리 옆 테이블에서 삼겹살을 구워먹고 있었다. 메뉴판을 봤을 때 삼겹살을 먹고 싶은 생각은 없었는데 냄새를 맡으니 고기가 먹고 싶어졌다. 급격하게 배가 고파오기 시작했다.

다행히 얼마 지나지 않아 우리의 음식이 차례대로 나왔다. 맛은 모두 한국에서 먹던 그 맛이었다. 한식이 그리운 사람들은 이곳을 자주 찾을 것 같다. 나는 여러 음식 중에서 짬뽕이 가장 맛있었다. 얼큰하거나 매운 음식을 좋아하는 나의 입맛에 딱 맞았다. 동행들도 맛있다며, 우리 테이블 위에서는 칭찬이 끊이질 않았다. 모두가 만족스러운 저녁식사였다.

식사를 다 마치고 나니 휴대폰을 보니 8시 30분이었다. 아직 이르다. 숙소에 들어가기에는 아쉬운 시간. 그런데 지금 숙소에 들어가기 아쉬운 건 다행히도 나만 그런 게 아니었나보다. 서른 살 언니는 다음 날 일정이 빠듯해 더 같이 놀지 못 해 아쉬운 작별인사를 남기고 시간이 널널한 우리끼리 두오모 근처에 위치한 'MOVE ON'이라는 술집으로 향했다.

나는 넷이 옹기종기 모여앉아 맥주와 짭짤한 고구마 맛이 나는 과자를 먹으며 끊임없이 이야기를 나누는 이 분위기가 너무 즐겁고 좋았다. 오빠들은 내가 학교를 왜 그만 두었는지 궁금해했는데, 이유를 말해주니 욕을 하며 같이 화내주는 게 너무 웃겼다. 나의 이야기와 동갑내기 친구인 오빠 두 명이 언제부터 친구였는지, 오빠의 대학교 이야기, 오빠들의 고등학교 때 이야기, 오빠들의 연애 이야기나 연애 상담 등… 정말 별의별 이야기를 다 나누었는데 문득, 그런 생각이 들었다. "아, 지금 이 순간도 그리워지겠지?" 내 이야기를 털어놓고 그들의 이야기를 들으며 깔깔대는 지금 이 시간은, 4시간 전에 만났음에도 불구하고 마치 오래 된 친구들을 만나 그간 못 다한 이야기를 나누는 것처럼 편안했다. 이곳에서의 나는 가끔, 처음 만나는 사람들이 오래 된 내 친구들보다도 더 편하게 느껴지던 때가 종종 있었다. 오늘 만난 사람과 이렇게 편하게 이야기를 나누고 있는 내 자신의 모습에 연신 신기함을 느끼곤 했다. 지금 여기에, 낯선 사람 앞에만 서면 소극적이던 나는 온데간데없고 즐거워하는 나만 남아있다.

내가 오늘을, 오늘의 나를, 오늘의 분위기를 잊을 수 있을까. 한국에 돌아가면 그리워질 것들이 자꾸만 마음에 쌓여간다. 이곳에 있다 보면 자꾸만 현실을 망각하게 된다. 마치 달콤한 꿈 속을 한없이 유영하는 느낌. 혹시 누가 내 시계만 빠르게 돌리고 있는 것은 아닐까, 시간이 너무 빠르게 지나간다. 나는 오늘을 이렇게 빨리 보내고 싶지 않은데. 나는 아직 오늘이 아쉬운데. 하루가 24시간보다 길었으면 좋겠다. 시간을 손으로 잡을 수 있다면 정말 얼마나 좋을까. 마음이 아쉬우니까 자꾸만 이렇게 말도 안 되는 허망한 꿈을 꾼다.

# 나의 젊은 날, 나의 청춘

: 언젠가 괴로운 마음에게 위안이 될 수 있도록

여행을 떠나오며 느끼고 배운 것이 참 많지만 그 중에서도 가장 크게 나에게 와 닿았던 것은, 나를 사랑하지 않았던 시간들을 나는 살아가면서 마치 죄처럼 부끄러워해야만 한다는 것이다. 지금 스스로를 사랑하지 않는 사람들도 그것을 부끄러워해야 한다는 말이 아니다. 나를 사랑하지 않을 수도 있다. 굳이 사랑하지 않아도 괜찮다.

하지만 나는 행복을 이렇게나 코앞에 두고서 어리석게 우울 속에 빠져 지낸 날들과 밑도 끝도 없이 나는 행복해질 수 없는 사람이라 완강하게 치부해버리고, 스스로에게 자꾸만 무거운 짐을 짊어지게 하고, 행복을 손에 쥐려고 조차 하지 않았던. 그렇게 오랜 시간 나를 사랑하려 한 치의 노력조차 않았던 무기력한 나날들의 내가 부끄럽다.

나의 젊은 날과 나의 청춘을 이곳에서 보내고 있음에 감사한다. 앞으로 내 스스로가 미워질 때마다, 이탈리아에서 행복해 하던 지금의 나를 떠올려야겠다. 지금은 지금을 현재라고 말할 수 있지만 언젠가는 오늘을 현재라고 부를 수 없을 테니, 나는 더욱 최선을 다 해서 사무치게 이곳을 사랑해야겠다. 한국으로 돌아간 이후 내가 나를 미워하고 마음이 괴로워져도 나, 그 곳에서는 참 많이 행복했었다고 그렇게 내 마음에게 위안이 될 수 있도록 말이다.

# 반가운 인연을 또 만난다는 것

: 스스로가 행복해하고 있음이 새삼 사무치게 느껴지곤 한다

늘 그렇듯, 일어나자마자 준비를 하고 계획도 없이 무작정 밖을 나선다. 오후 2시, 날이 화창하다. 이유도 없이 기분이 좋다.

오늘도 어김없이 젤라또 가게로 향했다. 그녀는 이제 나를 외웠나보다, 나를 보더니 4유로 컵을 집어 들고선 활짝 웃으며 오늘도 레몬 맛 맞냐고 물어보는 걸 보니. 기분 좋게 가게 안에서 젤라또를 먹고 가게를 나서는데 웬 걸 눈앞에 반가운 얼굴이 있었다! 옆에 있는 젤라또 가게의 줄 서 있는 사람들 틈 속에 어제 같이 버스를 타고 미켈란젤로 광장으로 향했던 그가 서있었다. '오빠!' 크게 그를 불렀다. 익숙한 목소리 때문인지 한국어가 들려서인지 그가 고개를 두리번거렸다. 나를 못 찾길래 내가 팔을 잡으며 그의 이름을 부르니 화들짝 놀라며 나를 반겼다. 이 많은 사람들 중에서 자기를 어떻게 알아봤냐며 신기해했다. 어제 처음 만난 인연을 다시 보았다고 이렇게나 반가울 수가. 마치 오래 된 친구를 발견한 것 마냥 반가웠다. 우리가 같은 공간에 있었다는 것도, 그 수많은 사람들 속에서 내가 그를 단 번에 알아본 것도 신기했다. 그와 나는 어제 잘 들어갔냐고 물으며 자연스레 발걸음을 나란히 했다.

두 번은 못 만날 거라고 생각했던 인연과 우연히 다시 만나고 또 작별하는 순간, 아쉬움은 두 배가 되어 내 마음에 자리 잡았다.

그와 헤어지고 난 이후, 간단하게 저녁을 먹고 한인마트에 들러 햇반과 신라면 두 개를 산 후 숙소로 돌아왔다. 오늘따라 하루를 마무리하기가 왜 이리 싫은지. 겨우 씻고 잠자리에 누웠다.

잠들기 전 오늘 낮에 그가 찍어준 나를 보는데, 사진 속에는 어색할 정도로 해맑은 내가 있었다. 내가 이렇게 웃을 줄도 아는 사람이었구나. 이탈리아에서의 나는 유독 웃고 있는 사진이 많다. 한국에서 찍은 사진들은 죄다 무표정인데 말이다. 사진을 보니 또 한 번 새삼 사무치게 느껴진다. 이곳의 나는 참 자유롭구나. 이곳의 나는 행복을 느끼고 있구나.

나는 찍었던 사진을 보면 그 때의 순간이 마치 영화 필름처럼 조각조각 기억이 나곤 한다. 내가 기억하는 이탈리아로 만든 필름이 있다면 몇 권이 될까, 아마 셀 수 없이 많을 것 같다. 이탈리아에서 지내는 모든 날과 모든 순간 하나 하나가 나에게는 너무 소중하고, 스쳐지나가는 사소한 인연들마저 나에게는 평생을 살아도 결코 잊을 수 없을 인연이 되었으니.

한국으로 돌아가서도 내가 잘 지낼 수 있을까. 나에게 이곳은 단지 여행지가 아닌, 내 인생을 바꿔준 곳인데. 이곳을 추억으로 남긴 채 내가 괴로워하지 않고 잘 살아갈 수 있을까. 벌써부터 자신이 없다. 그렇게 한참을 뒤척이며 하루를 아쉬워하던 도중 어느덧 벌써 열두 시가 되었다. 완전히 하루가 끝나버렸다. 오늘이 더 이상 오늘이 아니게 되었을 때, 왜 이리 마음이 허무한지 모르겠다.

그냥, 얼른 자버리자. 오늘의 시간을 허투루 쓸 순 없으니까. 어제의 아쉬움을 오늘까지 가져오진 말자.

179

# 요리하는 날!

: 투박하면서도 다정했던 지하 1층의 작은 공간

오늘의 할 일이 생겼다! 바로 오늘 저녁을 직접 만들어 먹는 것. 나는 이탈리아에서 한 번도 내가 직접 요리를 한 경험이 없다. 기껏 해 봐야 라면 끓여먹기 정도.

외출하기 전 호스텔 지하 1층으로 내려가 주방을 둘러보았다. 로마의 호스텔에는 여러 개의 냄비와 인덕션, 국자, 각종 소스 등 요리를 할 수 있게끔 놓여진 것들이 가득해서 다양한 종류의 음식을 만들 수 있었으나 피렌체의 호스텔에는 포크와 수저, 그릇, 전자레인지뿐이었다. (대부분의 호스텔에는 그릇과 수저, 포크, 전자레인지는 기본적으로 구비 되어있다. 그 외에는 그 숙소의 재량이다.) 직접 요리할 생각을 로마에서 했었더라면 요리하는 과정이 조금 더 즐거웠을 것 같기도 한데. 내심 아쉬운 마음이 들었다.

구비 되어있는 것이 얼마 없으니 간단하게 만들 수 있으면서도 맛있을 만한 것을 곰곰이 생각하다가, 문득 로마의 "CANTINA E CUCINA"에서 먹었던 파르마 햄과 버팔로 모짜렐라 치즈로 구성된 샐러드가 떠올랐다. 거기에 내가 좋아하는 연어도 넣어서 만들어봐야겠다. 손으로 무언가 만들기를 좋아하는 나로서 오늘 저녁 만들기 계획은 너무 너무 설레는 계획이었다. 얼른 저녁 시간이 왔으면.

재료를 사기 위해 숙소로 가기 전 코나드(CONAD)마트에 들렀다. 장바구니를 들고 설레는 마음으로 이리 저리 마트를 둘러보았다. 길쭉하고 얇게 썰려있는 연어 한 팩과 파르마 햄 대신 하몽 한 팩, 그리고 방울토마토를 장바구니에 야무지게 집어넣고는 치즈 코너로 발걸음을 돌렸다. 치즈 종류가 많아서 꽤 고민하다가 납작한 스티로폼 용기에 랩으로 싸여있던 동그랗고 하얀 치즈를 집어 들었다. 이게 어떤 치즈인지 라벨이 없어서 알수가 없었다. 제발 맛있기를 바랐다. 숙소 주방에 소금이 있었나 없었나… 한참을 고민하다가 결국 소금도 골랐다.

계산하고 나와 조금 쌀쌀해진 피렌체의 저녁 공기를 맡으며 CONAD 문구가 새겨진 커다란 비닐봉지와 함께 설레는 마음으로 발걸음을 재촉했다. 숙소에 도착하자마자 씻고 편한 옷으로 갈아입은 후 지하에 있는 주방으로 내려갔다.

연어와 하몽을 적당한 크기로 자르고, 방울토마토는 뽀드득 뽀드득 소리가 나게 물에 행군 후 꼭지를 떼고 반으로 잘랐다. 치즈는 세로로 자른 후 반으로 한 번 더 잘랐다. 그리고 소금도 살짝 가미했다. 아, 야채도 좀 살 걸. 아쉬웠지만 그래도 접시에 한데 두고 보니 제법 그럴싸한 모양새가 나왔다.

얼른 자리에 앉아 제일 먼저 하몽에 치즈를 돌돌 말아 한 입 먹어보았다. 치즈는 쫀득할 줄 알았는데 고슬고슬한 식감에 더 가까웠고 생각보다 밍밍했지만, 짭짤한 하몽과 같이 먹으니 치즈의 밍밍한 맛이 채워졌다. 치즈마저 맛이 강했다면 하몽과 같이 먹었을 때 아마 맛이 따로 놀았을 것 같다는 생각이 들었다. 짭짤한 하몽과 밍밍한 치즈의 맛이 묘하게 어우러져 자꾸 손이 갔다. 방울토마토는 하나도 빠짐없이 모두 굉장히 신선했고, 연어는 살짝 짠 맛이었다. 연어에는 소금을 치지 말 걸. 연어는 조금 남겼다. 연어 자체가 살짝 짠 편인데 소금까지 뿌려 먹다 보니 짠 맛이 강해 혀가 얼얼했다.

혼자 저녁 재료를 사기 위해 장을 보고 혼자 작은 주방에서 꼼질꼼질 요리를 하던 오늘의 사소한 모든 순간들이, 분명 사무치게 그리워질 것만 같다. 때로는 사소한 기억들이 더 그리워진다. 따뜻한 느낌을 주던 베이지색 벽지와 조그마한 주방 안을 가득 메우는 맛있는 냄새, 편한 옷차림으로 음식을 먹는 사람들, 여기저기서 들려오는 가지각색의 목소리 그리고 다양한 언어들. 여기 지하 1층의 작은 공간 속에 위치한 주방은 묘하게 투박하면서도 아늑한, 그리고 다정한 공기가 맴돌았다. 이곳에서의 시간이 느리게 흘러가길 바랐다.

# 짧은 찰나 속 또 누군가를 사랑하는 일

: 우연히 라는 단어는 늘 설레는 마음을 품게 한다

'Hi! Where are you from?' :)

접시를 다 비워갈 때 즈음, 누군가 나에게 친근하게 말을 걸었다. 한 명은 말레이시아인이었고, 한 명은 일본인이었다. 나에게 말을 건 사람은 말레이시아인이었는데, 같이 있던 일본인도 그녀가 말을 걸어서 친해진 거였다. 어디서 왔냐는 말로 시작해서 이런 저런 이야기를 나누던 우리는 금세 친해졌다. 각자 여행 오게 된 계기에 대해 대화를 나누기도 했고, 서로의 언어를 짤막하게 배우기도 했다. "안녕하세요"와 "저는 000입니다", "만나서 반가워요" 등 간단한 한국말을 알려주었더니 둘 다 곧잘 따라하곤 했다. 조금 어눌한 감은 있지만 한국어를 처음 발음한 것 치고는 굉장히 괜찮은 발음이었다. 일본어로도 이런 저런 말을 배웠는데, 나에게 발음과 억양을 굉장히 잘 따라한다며 그녀도 신기해했다. 사실 중학교 3학년 때 학교에서 일본어를 배웠었다. 일본어 노래도. 내가 이 이야기를 해주니 그녀는 한국 학교에서 일본어도 배우냐며 굉장히 놀랐다.

각자 다른 나라에서 와서 같은 언어로 대화하고 각자의 언어를 배우는 것. 분명 신기하고도 색다른 경험이었다. 내가 이탈리아로 여행을 떠나오지 않았다면, 내가 오늘 이곳에서 저녁을 먹지 않았다면 만나지 못 했을 인연들. 그들과 함께 한 시간은 마치 신기루 같다. 내가 언제 또 이런 경험을 할 수 있을까. 소중한 순간들이 늘어만 간다. 잘 준비를 마치고 침대에 털썩 누워 오늘을 되새겨본다. 혹시 내일이면 깨버릴 꿈이 아닐까. 행복해서 자꾸만 불안했다. 이곳에서의 나는 새로운 습관이 생겨버렸다. 자기 전 손가락으로 남은 날을 세어보는 습관.
이탈리아는 모든 것이 이다지도 사무치도록 다정하다. 늘 마음이 불안정한 나는 또 미래를 걱정한다.

언젠가, 이 다정한 것들이 나를 울게 만들 것만 같다.
분명 언젠가, 나는 되돌려지지 않는 시간을 원망할 것만 같다.

# 하필 날도 좋고 그래서

: 내 생각보다 더욱 아름답고, 동화 같았던 순간들

내가 피렌체에 오면 꼭 가고 싶었던 카페가 있었다. "View on Art"라는 두오모와 조토의 종탑이 보이는 루프탑 카페. 가고 싶었던 곳에 갈 수 있다는 것 자체가 나에게는 엄청난 행운이자 행복이었다. 하필 오늘 날도 좋네. 큰일이다. 또 얼마나 행복한 하루가 되려고 날씨마저 좋아.

동행을 구해 같이 갔는데, 24살이었고 우리 언니와 이름이 같았다. 그녀는 대학교가 종강이라 유럽 여행을 왔다고 했다. 각자 커피를 시키고 서로 사진도 찍어주며 이런 저런 이야기를 나누는데 말이 잘 통해서 정말 시간 가는 줄 모르게 떠들었다. 여기에서 만난 모두가 그랬는데, 그녀도 역시 내가 아직 10대라는 사실에 꽤 놀랐다. 경비를 어떻게 마련했는지, 어떻게 혼자 올 생각을 했는지 이것저것 물어보았다. 그러면서 연신 진짜 대단한 것 같다고 말했다. 친구를 만난 듯 그녀와의 만남은 처음부터 굉장히 편했다. 사람을 편안하게 만들어주는 그런 에너지가 있었다. 그녀와의 만남 이후, 나는 나도 사람을 편안하게 만들어주는 그런 에너지를 갖고 싶다고 생각하곤 했다.

그리고, 이 카페는 내 예상을 뛰어넘어 더욱 예쁜 곳이었다. 동화 속 같다는 생각이 강하게 들었다. 서양 동화. 너무 비현실적인 탓에 든 생각일까. 가고 싶은 카페를 왔음에 이렇게 나는 또 행복해한다.

# 여행을 일상처럼

: 이탈리아에서의 환상들

오늘 아침, 문득 피렌체의 중앙시장이 생각났다. 가죽시장을 지나다보면 여러 상인들의 천막 중 굉장히 큰 건물이 하나 보이는데, 그곳이 바로 중앙시장이다. 일명 도둑시장으로도 불린다. 중앙시장은 1874년에 세워져 아직까지도 자리를 유지하고 있는 피렌체의 대표적인 재래시장이다. 1층은 자세히 둘러보지 않았지만 언뜻 보았을 때 각종 향신료와 과일, 야채 등 다양한 식자재를 판매하는 듯 했다. 2층에는 푸드코트가 있었는데, 곱창버거, 쌀국수, 초밥, 조각피자, 파스타, 1인분 스테이크…등 굉장히 다양한 음식들을 팔고 있었다. 곱창버거를 먹을까 하다가 곱창의 물컹한 식감이 호불호가 크게 갈린다는 후기를 보고선 곱창버거는 포기했다. 쌀국수를 먹을까, 트러플이 들어간 파스타를 먹을까 고민하다가 조각피자의 비주얼이 너무 맛있어 보여 이끌리듯 조각피자 코너로 향했다. 도우가 부풀어 바삭바삭해보이던 피자와 도우에 피자 양념을 바르고 고슬고슬한 치즈를 잔뜩 올린 피자 두 개를 주문했다. 이미 만들어져있는 피자를 살짝 데운 후 내어주는 거라 시간은 그리 오래 걸리지 않았다.

왜인지, 고슬고슬한 치즈가 올라간 피자보다 별 다른 토핑 없던 피자가 훨씬 맛있었다. 안에 아무 것도 없는 줄 알았는데, 바삭한 도우 안에 두껍고 짭짤한 베이컨이 들어가 있었다. 이것저것 넣지 않고 굉장히 간단하게 만든 것 같은데, 진짜 맛있어서 어떻게 만드는 건지 레시피가 궁금할 정도였다. 내일 또 와야겠다. 또 먹어야지.

# 낯선 곳을 거닐며 여유가 채워지는 시간

: 좀 더 일찍, 열심히 길을 잃을 걸 그랬다


몇 시간 내내 다리 아픈 줄도 모른 채 걷기를 좋아하는 나는, 한 도시에서 이틀 정도 거리를 거닐다 보면 어느 정도 길을 외운다. 그래서 휴대폰을 하지 않고도 어디로 가면 어디가 나오는 지를 알고 있으니 여유롭게 하늘과 거리를 보며 걷는 그 시간 들이 나는 좋았다. 하지만 그렇게 하염없이 걷다 보면 종종 새 롭고 낯선 곳들과 마주하기도 한다.

가끔은 삶의 원동력이 되어줄 만큼 아름다운 순간과 마주하기 도 한다.

중앙시장을 나와 어김없이 또 거리를 거닐다가, 문득 피렌체 문양이 새겨진 노트를 사고 싶어서 메모장에 적어두었던 문구점의 주소를 구글맵에 검색해보았다. 다행히 오늘 휴무는 아니었다. 그 쪽 근방을 가본 적이 없어서 구글맵을 키고 찾아가다 어느덧 처음 보는 길거리에 도착했다. 문구점까지는 10분 정도 더 걸어야 했는데, 왜인지 낯선 이곳을 조금 더 둘러보고 싶었다. 휴대폰을 잠시 주머니에 넣고 마음이 가는 대로 여기저기 발걸음을 옮겼다. 그렇게 하염없이 거리를 거닐었다. 여기가 어딘지 모르겠는데도 나는 휴대폰을 켜지 않았다. 예쁜 풍경들을 보기 위해 길 잃는 것 정도는 괜찮았다. 아니, 오히려 좋았다. 잠시 목적을 잊은 채 낯선 곳을 하염없이 거닐며 여유로 마음을 한가득 채우는 일. 그런 일이라면 길을 잃어도 나는 마냥 좋았다.

그렇게 발길이 닿는 대로 길을 잃던 도중, 어느덧 해가 저물고 있었다. 처음 와보는 낯선 길거리, 낯선 골목, 낯선 건물들. 그 사이로 보이는 저무는 해가 무척이나 예뻤다. 건물 사이로 언뜻 보이는 풍경은 마치 그림 같았다. 넓은 파란 하늘 그 밑을 잔뜩 메우는 구름과 쨍한 주황빛 노을. 노을은 구름을 한 점도 빠짐 없이 색칠하고 있었다. 내가 사랑하는 모습의 하늘이다. 홀린 듯 높게 들어선 건물 사이를 빠져나가 하늘이 잘 보이는 곳으로 향했다. 문구점으로 가야 하는 것도 새카맣게 잊은 채로.

건물 속에서 나오자마자 나는 눈물이 날 것만 같았다.

내가 사랑하는 것이 지금 바로 내 눈앞에서 펼쳐지고 있다. 내가 사랑하는 순간이 지금 내 눈앞에서 흐르고 있다. 노을을 보자마자 나는 많은 것을 생각했다. 간절하게 시간을 멈추고 싶었고, 애절하게 이 순간을 잡아두고 싶었다. 사진을 찍어 남겨둘까, 멍하니 바라보며 눈 속에 하염없이 담아둘까, 아무에게나 오늘 하늘 너무 예쁘지 않느냐는 대화를 건네어볼까.

어떻게 해야만 내가 지금 이 순간을 더욱 더 사무치게 사랑할 수 있을까?

멍하니 바라보기만 하다가, 아 맞다 사진! 순간을 놓치지 않기 위해 열심히 사진을 찍고 휴대폰을 내려놓고 또 멍하니 바라보다가 또 사진 찍기를 반복하던 중 내 옆에 있던 여자가 나에게 갑자기 말을 걸었다. 그녀는 집으로 가는 길에 노을을 구경 중이었다면서, 휴대폰에 이런 예쁜 하늘을 혼자 담아두는 건 너무 아쉽지 않느냐고 내게 말했다. 내가 그녀의 말뜻을 이해 못 했다는 듯 웃으며 어깨를 으쓱하니, '이 예쁜 풍경 속에 너도 함께 해야지.'라고 말하며 휴대폰을 달라는 듯 손을 내밀었다. 나는 그제서야 그녀의 말을 이해하고 휴대폰을 건네주었다. 그녀가 찍어준 사진 속 나는 어딘지 모르게 쓸쓸한 사람처럼 보이기도 했고, 깊은 고뇌에 빠진 사람처럼 보이기도 했고, 허공을 바라보며 공상에 잠긴 것 같기도 했다. 마음에 드는 분위기가 사진에 찍혀 나왔다. 그녀가 찍어준 여러 장의 사진들을 넘겨보며 나는 감사인사를 건넸고, 그녀는 피렌체에서 부디 좋은 여행되길 바란다며 그렇게 홀연히 다리를 떠났다.

생판 낯선 곳에서도 어김없이 내가 사랑하는 순간과 마주할 수 있다면 좀 더 일찍, 좀 더 열심히 길을 잃어볼 걸 그랬다. 낯선 골목길을 좀 더 돌아다녀보고, 처음 보는 길거리를 좀 더 거닐어 볼 걸. 좀 더 모험심을 가져볼 걸. 나는 노을을 바라보며, 오늘 길 잃기를 참 잘 했다는 생각이 들었다. 내가 만약 길을 잃자는 다짐 없이 곧장 문구점으로 향했더라면, 나는 오늘 이 노을과 다리를 마주할 수 없었겠지.

길을 잃자던 다짐 그리고 이곳과 마주한 것은 오늘 나에게 있어 엄청난 행운과도 마찬가지다. 단지 그 하나만으로도 며칠을 두고두고 행복할 수 있으니까 말이다. 나는 늘 사소한 것들마저 곧잘 사랑하는 사람이잖아. 아마, 나는 이 다리조차 사랑하게 될 것 같다. 내일도, 그 다음 날도, 그 다음 날도 나는 빠짐없이 이 다리를 찾아올 것만 같다.

아니 어쩌면, 벌써부터 이 다리를 사랑하는 것 같기도 하다.
벌써부터 매일 이 다리를 찾아올 생각을 하는 걸 보니 말이다.

# 우연히 만나는 인연들은 늘 사랑스럽다

: 우연을 사랑하는 나로서, 그렇기에 더더욱 잊을 수 없고

이럴 수가. 내가 자주 가던 젤라또 가게가 오늘 휴무네. 그 가게가 진짜 내 인생 젤라또 집인데! 아쉬운 발걸음을 뒤로 한 채 저벅저벅 걷다 눈에 띄던 한 젤라또 가게로 들어갔다.

다른 직원 없이 젊은 남자 혼자서 운영하는 조그마한 가게였다. 무슨 맛을 먹을지 고민조차 않고 나는 레몬 맛을 골랐다. 그런데 그 때, 그가 나에게 뜬금없이 'Look at my eyes.(내 눈 봐봐.)'라고 말했다. 그래서 빤히 그의 눈을 바라봤더니, 몇 초 눈을 마주치고 난 후 그는 이탈리아어로 내 눈이 정말 예쁘다고 말하고는 젤라또를 컵에 담기 시작했다. 나는 이탈리아로 오기 전 2-3달 간 혼자서 이탈리아어를 독학했다. 내가 잘 알아들은 게 맞는지 조금 긴가민가했다. 그래서 그에게, 어눌하지만 용기 내어 'appena detto che i miei occhi sono belli? Se è corretto, grazie!(방금 내 눈이 예쁘다고 말한 거 맞아? 맞다면 고마워…!)'라고 말했다. 다행히도 독학한 나의 발음이 그리 심하게 어눌하지는 않았나 보다. 그가 내 말을 알아들었다. 그는 눈이 커지며 이탈리아어 할 줄 아냐고, 못 알아들을 줄 알고 한 말이었다며 계속 놀란 듯 웃곤 했다. 조금 구사할 줄 안다는 나의 말에 그는 연신 'Wow'를 외쳤다.

그에게서 젤라또를 받고 기분 좋게 가게 밖으로 나서려는 순간 젤라또를 실수로 통째로 바닥에 떨어뜨려버렸다. 너무 당황해서 잠깐 그 자리에 멈춰 서 있었는데 그가 "왜 안 가고? 거기서 뭐해?"라는 눈빛으로 나를 쳐다보았다. 나는 잔뜩 울상이 된 표정으로 미안하다고 말하며 그에게 흙이 묻은 젤라또를 보여주었다. 그는 'Oh, Non piangere. va vene. bella.(울지 마, 괜찮아)'라고 말하며 젤라또를 다시 자기에게 달라는 손짓을 했다. 젤라또를 건네주니 젤라또를 다시 새 컵에 담아 나에게 주었는데, 건네주면서 손이 미끄러지는 척 연기하며 장난을 치기도 했다. 미안하고 속상하면서도 나를 달래주던 그에게 무척 고마웠다. 'Grazie mille.(정말 고마워.)'라고 말하니, 그는 이탈리아어를 혼자 독학한 내가, 여행 오기 위해 타국의 언어를 배워온 나의 정성이 기특하다고 했다. 나는 또 오겠다고 약속한 채 젤라또 가게를 나섰다. 속상한 감정과 울적한 나의 얼굴은 온데간데없이, 이미 사라지고 없었다.

나에게 있어 아쉬운 인연은 이다지도 매일, 매 순간 끊임없이 생겨나고 있다. 시간이 지나도 결코 잊지 못 할 것들이 지금 내 마음 속에 줄을 지어 서있다. 그리고 나는 여기, 이탈리아에서 사소한 것들 틈으로 행복을 보았고, 혼자서도 행복할 수 있는 방법을 깨달았다.

한국에서 보낸 18년보다 지금 이탈리아에서의 고작 20일이 나는 훨씬 더 행복한데, 행복할 수 있는 방법과 함께 한국에 돌아간다면, 과연 그 곳에서의 나도 행복할 수 있을까.

행복하더라도, 이탈리아에서 느끼는 행복만큼 행복할 수 있을까. 아마 절대 그럴 수 없겠지. 이곳과 그곳은 타인을 바라보는 시선부터가 너무 다르니까. 이곳에서 행복할 수 있는 방법을 깨달았다 한들, 한국에서는 무용지물일 것이다. 그 곳은 나를 우울하게 만드는 것들이 너무 많고, 자주 나를 밑바닥까지 무너지게 만드니까. 간간히 행복할 수는 있겠지만, 아마 자주 행복할 수는 없겠지.

행복해하는 나의 모습이 어색해 자꾸만 밤마다 이런 생각을 하게 된다. 너무 행복해서 불안하다는 생각을. 모든 게 완벽하면 불안해질 때가 있다. 지금이 그렇다. 내가 행복해도 되나. 내가 행복할 자격이 있는 사람인가. 이탈리아에 머무는 나의 현재와 일상은 마치 건드리면 한순간에 깨져버릴 유리 같다. 흔들면 깨어나 버릴 꿈같기도 하고, 금세 터져버릴 비눗방울 같기도 하다. 이러한 생각들은 끝이 없다. 생각이 생각을 낳고 또 생각을 낳고, 그렇게 줄줄이 꼬리를 문다. 아무리 생각을 해도 답은 나오질 않으니, 생각하면 할수록 연신 마음이 아쉬워지기만 한다.

부디 오늘 밤 시간은 느리게, 잠은 오래, 꿈은 길게 꾸고 싶다.

# 나도 누군가에게 잊지 못 할 인연이기를

: 누군가도 나와 함께 한 시간을 소중히 여겨주기를 바라본다


오늘 나는 "BUCA MARIO"라는 레스토랑에서 저녁을 먹었다. 별 다른 에피소드가 없어 첫 번째로 방문했던 당시의 이야기를 책에 적진 않았지만, 얼마 전에 한 번 갔던 곳이다. 음식도 정말 맛있었고, 직원들도 모두 친절해서 내게 좋은 기억이 남아있는 곳이다.

오늘 만난 동행들과 저녁을 어디서 먹을지 고민하던 찰나, 단번에 "BUCA MARIO"가 떠올라 내가 추천했다. 지난 번, 우리 테이블 담당 서버가 나에게 계속 말을 걸고 영화 "빅 히어로"에 나왔던 주먹을 맞대는 손장난을 치기도 했다. 오늘 그는, 나를 보자마자 기억하고는 악수를 청하며 반갑게 인사를 건넸다.

기분 좋은 인사를 나누고 자리에 앉았다. 오늘 우리 테이블의 담당 서버는 그가 아닌 다른 직원이었다. 인원은 다섯 명이었고 T본 스테이크 두 개, 토마토 파스타 하나, 갈릭 파스타 하나 그리고 레드 와인 한 병 총 다섯 개의 메뉴를 주문했다. 주문을 마치고 그가 다시 메뉴판을 가져갈 때 'Grazie.(감사합니다.)'라고 말했는데 그 직원은 활짝 웃으며 'Prego!(이런 거 가지고 뭘!)'라고 대답했다. 다른 사람들이 그저 'Thanks you'라고 말했을 때는 이렇게까지 환하게 웃지 않았는데 말이다. 그의 환한 웃음을 보니, 나의 말 한 마디가 그의 기분을 좋게 만든 것 같아 나도 덩달아 기분이 좋아졌다.

주문을 마치고 몇 분 후 그가 와인을 가져와 시음을 시켜주었다. 그리고는 웃으며 코르크 마개를 나에게 건넸는데, 내가 선물이냐고 물으니 귀가 벌게진 채 고개를 끄덕였다. 그의 귀여운 행동에 웃음이 새어나왔다. 몇 분 후 그는 테이블 위에 기본으로 세팅 되어있던 일반 나이프를 치워주고 스테이크용 나이프를 새로 가져다주었는데, 내가 칼 손잡이를 그의 쪽으로 해서 두 손으로 건네주었더니 이번에는 그가 나에게 'Grazie.(감사합니다.)'라고 말했다. 이 밖에 음식이 나와 음식을 놓아줄 때나 와인을 따라줄 때, 접시를 치워줄 때, 계산서를 가져다 줄 때, 계산을 마치고 카드를 다시 주었을 때 등… 나는 그의 행동 하나 하나에 고맙다는 말을 했다. 그럴 때마다 그는 정말 기뻐 보이는 웃음을 내비추었다. 그의 웃음을 볼 때마다 나도 기분이 좋아지곤 했다. 그리고 저녁식사를 마치고 나가는 길에 모든 직원들에게 'Grazie, Arrivederci!(감사합니다, 안녕히 계세요.)'라고 인사를 했는데, 직원들도 모두 해맑게 'Buona sera!(좋은 밤 되세요.)'라며 인사해주었다. 오늘은 평소보다 더욱 기분이 좋았던 저녁이었다.

여행하는 나라의 언어를 사용하는 일과 사람과 사람 간의 사소한 배려들이 얼마나 사람을 기분 좋게 만드는 일인지를, 오늘 다시 한 번 깨달았다. 잠에 들기 전, "어쩌면, 내가 오늘 그의 하루의 끝을 기분 좋게 만들어 주진 않았을까"라는 생각을 했다. 이탈리아인이 아닌 사람들 중 이탈리아어로 고맙다고 말하는 사람이 나 뿐만은 아니겠지만 그래도, 나는 착각이 아니었으면 좋겠다. 그 직원의 해맑은 웃음을 잊을 수가 없다. 고맙다는 그 한 마디로 인해 환하게 웃던 그의 웃음을. 이탈리아 여행이 끝나면 그리워할 것이 또 하나 생겨버리고 말았다.

# 짤막한 대화

: 그 속에서도 배울 것이 있는 사람


오늘의 일정은 피사 당일치기 여행!

며칠 전에 한 번 갔었지만 피렌체로 가기 전에 아주 잠깐 들렀던 경유지였던 터라 그 곳을 맘껏 만끽하지 못 하고 짧게 다녀왔던 것이 내심 아쉬웠다. 그리고 피사에서는 내가 원하는 구도의 사진을 건지기가 어려워서 서로 사진 찍어줄 동행도 세 명이나 구했다. 그 동행 세 명 중 두 명은 친구였다. 혼자도 나쁠 건 없지만, 여럿이서 가면 재밌기도 하니까.

1시 30분에 피렌체의 중앙역인 산타 마리아 노벨라 역(Firenze Santa Maria Novella railway station)에서 만나기로 했다. 조금 일찍 출발해 1시 20분 쯤 역에 도착했다. 여기는 올 때마다 항상 사람이 바글바글하네. 세 명 중 한 명과 가장 먼저 만났다. 맥도날드에 있다가 도착했다는 내 연락을 보고 먼저 나왔다며 친구는 아직 먹는 중이라고 했다. 그의 친구와 다른 한 명을 기다리며 그와 대화를 나누었다. 그는 33살이고 그의 친구도 자신과 동갑이라고 소개했다. 나도 간단하게 나를 소개했는데 10초 동안 진짜냐는 말을 열 번 정도 한 것 같다. 웃으면서 진짜라고, 여기서 만난 사람들 다 제 나이 들으면 대부분이 이런 반응이에요, 장난스레 말했더니 '우와⋯ 대박이다. 나랑 열네 살 차이네요. 완전 애기다. 근데 나 10대랑 말 나눠본지가 너무 오래 돼서 무슨 말을 해야 할지 모르겠어요.'라며 웃었다. 사실 나도 30대와 이야기 나눠본 적이 많이 없어서 그를 어떻게 대해야 할지 생각했는데, 얼마 지나지 않아 그 고민은 필요가 없어졌다.

10분 남짓을 그와 이야기하면서, 난 어느새 그가 편해졌다. 잠깐 나눈 대화 속에서도 그의 성격이 보였다. 사글사글하고 잘 웃고 넉살이 좋았다. 한 마디로 사람을 편안하게 만들어주는 에너지의 소유자.

그는 내 나이를 듣고 난 이후 나를 어떻게 불러야 할지 고민했다. 그냥 이름으로 불러도 된다고 했더니 초면에 나윤아 나윤아라고 이름 부르는 건 어딘가 예의 없어 보인다고 했다. 애기라고 부르는 것은 너무 어린 취급하는 것 같아 내가 기분이 나쁠 것 같고, 아가씨라고 부르기엔 또 어린 것 같다며 한참을 고민하다 나윤씨나 애기씨(애기+ 아가씨)라고 부르겠다고 했다. '애기씨 귀엽네요. 저는 뭐라고 부를까요?' '오빠는 내가 너무 양심 없으니까 일단 탈락이고, 아저씨는 제가 상처 받으니까… 삼촌 어때요?' 그렇게 삼촌으로 합의했다. 호칭을 정리하고 이런 저런 이야기를 나누는데, 그의 눈에 나는 진짜 애기처럼 보일 만도 하다. 내가 스스로 경비를 모아 혼자 여행 왔다는 이야기와 글을 쓰고 책을 낸다는 이야기를 들으며 그가 몇 번을 놀랐는지 셀 수가 없다. 그리고 학교는 왜 자퇴한 건지 물어봐도 되냐는 그의 말에, 학교에서 배우는 것들은 나에게 도움이 안 되는 것 같고 지루하기만 하고 자퇴하는 게 내 인생에 있어 더 도움이 될 것 같아서 했다고 간단하게 축약해서 말했다.

언젠가, 담임 선생님과 상담하면서 자퇴하고 싶다는 이야기를 나눴을 때, 담임 선생님이 그랬었다. '자퇴하면 뭐 할 건데? 지금 너 인생에서는 공부가 가장 중요해. 네가 물론 글 잘 쓰는 거, 글 쓰기 좋아하는 거 선생님도 알지. 근데 지금 너한텐 중요한 건 공부야. 공부를 해야 대학을 가든 취업을 하든 하지. 지금 자퇴하면 나중에 분명 후회 할 거야. 자퇴는 쉽게 결정하는 게 아니야. 지금이야 학교 안 다니는 애들 노는 게 마냥 재밌어 보이고 부럽겠지만, 자퇴하면 나중에 분명 후회할 거야. 자퇴는… 최대한 생각 안 했으면 좋겠다.'라고. 삼촌에게 자퇴의 이유를 말하면서 나는 문득 담임 선생님과의 대화가 떠올라 조마조마했다. 삼촌도 그 나이에는 공부가 중요한 거라며 충고를 할까봐. 어른들 눈에는 내가 노는 아이로 보인다거나, 내가 한심해 보일까봐. 삼촌이 뭐라고 말할지, 그럼 나는 또 뭐라고 대답해야 할지 내심 그런 막연한 걱정을 했다. 그러나 나의 예상과는 완전히 다른 대답이 돌아왔다.

'나도 고등학생 때 진짜 공부하기 싫었는데 나는 부모님 때문에 억지로 계속 학교 다녔거든요. 졸업하고 또 공부하긴 싫어서 처음으로 부모님한테 반항했었어요. 가라는 대학 안 가고 취업했는데, 나이 드니까 이상하게 공부가 하고 싶어지더라고요. 그때 부모님 말 들을 걸, 대학 갈 걸 싶더라고요. 근데 또 막상 지금 그 때로 돌아가면 또 공부하기 싫을 것 같고 그래요. 그땐 그렇게 싫었으면서… 시간이 지나니 후회 되는 거지. 그래서 사실 지금 직장 그만 두고 대학 다니고 있어요. 남들 다 대학 다니기엔 늦은 나이라고 뭐라 하긴 하지만요. 음, 그니까 내가 하고 싶은 말은 나윤씨도 언젠가 학교 그만 둔 게 후회 되거나 나처럼 다시 공부하고 싶어질 수도 있겠지만…, 지금은 자퇴라는 게 지금 나윤씨에게 있어 가장 최선의 선택인 거잖아요? 학교 그만 둔 거 후회 안 하길 바라요. 그리고 진짜 멋있어요. 하고 싶은 거 하면서 사는 거, 10대 때부터 벌써부터 주체적인 삶을 사는 거. 글 쓰고 책 쓰고 혼자 여행 가는 것도요. 진짜 응원할게요.'

214

비뚤어진 것은 삼촌이 아니라 나였다. 나의 예상과 다르게 진심을 담은 그의 대답을 들으니 순간 부끄러워졌다. 모두가 그럴 거라고 생각한 나의 모습이. 같은 의견을 말하더라도 그것을 어떻게 말하느냐에 따라 청자의 생각은 확연히 달라진다. 이렇게 말하는 사람도 있구나, 내심 감탄했다. 지금 대학을 다닌다며 머쓱한 듯 말하는 그에게 나도 말을 건넸다. '30대에 대학 가는데 남들이 늦은 나이라 그래요? 내가 하고 싶은 걸 하는데 나이가 무슨 상관이 있어요. 내가 하고 싶으면 하는 거죠. 60-70대에 대학 가는 분들도 계시잖아요. 다른 사람들 말에 너무 위축되거나 기죽지 마요. 저도 모두 자퇴하지 말라고들 그랬는데 딱히…, 다 무시하고 자퇴한 지금이 훨씬 좋고 더 잘 사는 것 같다는 생각이 들어요. 언젠가 후회할 수도 있겠죠. 근데 그 언젠가를 후회하지 않기 위해, 미래를 위해 현재를 희생하는 것보다는 현재를 위해 사는 게 더 좋은 것 같아요. 나중에 웃는 사람보다 자주 웃는 사람이 승자라는 말도 있잖아요. 다른 사람들의 충고나 조언은 참고 그 이상 그 이하도 아닌 것 같아요. 만약 그 사람의 의견도 나에게 괜찮으면 그렇게 하는 "참고할 것" 그 뿐이지, 나랑 다른 생각을 상대에게 강요하는 건 더 이상 충고나 조언이 아닌 오지랖 같아요. 전 인생 살아가는 데에 있어 너무 많은 타인의 말을 곧이곧대로 수용해버리는 건 나의 삶이 아니라 꼭두각시 삶 같기도 하더라고요. 삼촌도 진짜 멋있어요. 저는 뒤늦게라도 하고 싶은 걸 하는 사람들을 진짜 멋있다고 생각하거든요.'

내가 나보다 나이 한참 많은 사람에게 내 생각을 뚜렷하게 말해본 건 처음이라, 혹시 주제넘다고 느껴지셨다면 미안하다고 했다. 그러나 그는 손 사레 치며 절대 아니라고 글을 써서 생각이 성숙한 건지 혹은 성숙해서 그러한 생각을 토대로 글을 쓰는 건지, 내가 너무 멋있는 것 같다고 말했다. 19살에 어떻게 "타인의 말을 곧이곧대로 수용해버리는 건 나의 삶이 아니라 꼭두각시 삶 같다"는 그런 철학적인 생각을 할 수 있냐며 그는 연신 감탄했다.

나는 누군가와 대화를 나눌 때, 그 사람의 말하는 어투와 그 사람이 사용하는 단어들 그리고 대화하며 은연중에 드러나는 그 사람의 가치관을 중요하게 여긴다. 단면만 보고 그 사람을 판단하는 건 (그게 좋은 쪽이든 나쁜 쪽이든 간에) 좋지 않다는 것을 알지만, 나는 그가 참 괜찮은 사람 같다는 느낌을 받았고 더불어 그 같은 어른으로 성장하고 싶다는 생각이 들었다. 한참 어린 사람에게도 존댓말을 당연시 쓰고, 타인을 존중할 줄 알며 칭찬과 표현에 인색하게 굴지 않는 사람. 짧은 대화 속에서조차 배울 점이 있는 사람. 나도 누군가에게 그러한 사람으로 남고 싶다. 아마 그는 내 기억 속에서 오래 숨 쉴 것 같다.

그와 대화를 하다 보니 어느새 3시가 좀 넘는 시간이 되었다. 그의 친구와 25살의 또 다른 동행, 드디어 모두가 모였다. 피사 중앙역까지 가는 동안 기차 내 우리의 대화는 끊이질 않았다.

내가 이탈리아에 10년도 더 된, 오래되고 무거운 필름 카메라를 꾸역꾸역 가져간 이유는 딱 하나였다. 이 필름 카메라는 어릴 적 부모님이 나에게 생일 선물로 주었던 것이다. 나에게 추억이 깃든 이 카메라로 사진을 찍는다는 것은, 그 자체만으로도 행복한 기억이 된다. "소중한 카메라로 소중한 순간을 찍었다는" 행복한 기억.

그리고 내가 사진을 찍는 이유는 단지 어여쁜 그 순간, 아름다운 그 찰나를 후에도 보며 행복해하기 위함이 아니다. 찍히는 사진 안에 그 순간의 분위기, 그 순간의 감정, 그 순간의 생각들도 함께 사진 속에 담아두고 간직하기 위해서다. 언젠가 사진을 보며 그 날의 나를 선명히 떠올릴 수 있도록 말이다.

피사의 사탑에서 이런 저런 자세를 취하며 한참을 깔깔대며 웃었다. 단지 사진 찍으며 노는 것뿐인데도, 언젠가 이 순간마저도 반드시 그리워질 것만 같은 예감이 들었다. 이곳에서의 나는 "소중한 순간이 또 하나 늘었다"라는 생각을 유독 자주 하곤 한다. 그도 그럴 것이, 이곳의 내 일상은 늘 소중한 순간들의 연속이다.


한바탕 웃고 다시 피렌체로 돌아가는 기차 안은 피사로 가는 기차를 탔을 때와 사뭇 다른 느낌이 들었다. 아쉽다. 아, 벌써 노을이 지네. 하루의 반이 벌써 지나가버렸음이 문득 실감났다.

피렌체에 도착한 후 우리는 아쉬운 인사를 나눈 후 흩어졌다. 숙소로 돌아와 남아있는 일과를 처리했다. 산책하기, 빨래하기, 저녁 먹기, 일기 쓰기 등…. 하루를 마치고 침대에 털썩 드러누워 휴대폰을 집어 들었다. 휴대폰 상단바 가장 위에 떠있던 "삼촌" 내가 씻던 사이에 삼촌에게서 카톡이 하나 와 있었다.

정현

애기씨!! 오늘 정말 좋은 시간이었어요!! 당신의 젊음이 패기가 열정이 자신감이 부러웠어요!!! 모든 것들이 세월에 희석되지 않기를 간절히 바래요!!! 이번 여행 안전하게 그리고 더 좋은 추억이 많이 많이 생기길 바래요~ 잘자요!!! 답장 하지 않아도 되요 ㅎㅎㅎ

오후 10:59

그의 카톡을 보자마자 더욱 확실해졌다.

삼촌은 내 기억 속에 따뜻한 온기로 한참을 머무를 사람이라는 것을. 내가 삶에 지칠 때면 종종 생각날 사람이라는 것을.

# 유독 기억에 남을 하루

: 타국에서 느낀 또 한 번의 따뜻함

오늘 나의 계획은 피렌체에서 1시 20분 기차를 타고 볼로냐에서 환승 한 후, 베로나로 가는 것이었다.

나는 생각보다 일찍 준비를 끝내 12시 30분에 기차역에 도착했다. 기차 편명을 보며 플랫폼을 찾아야 하기 때문에 계속 전광판 앞에서 기다렸다. 보통 출발 10~20분 전이면 전광판에 플랫폼 번호가 뜨는데 시간이 다 되어 가는데도 불구하고 전광판에 플랫폼 번호가 뜨질 않았다. 마음은 자꾸만 초조해져가고, 불안해지기 시작했다. 결국 직원한테 물어보니 알고 보니 현재 대부분의 기차가 지연 되었고, 내 기차도 지연 되었다고 말했다. (이탈리아에서 기차 지연은 매우 흔한 일이다.)

하지만 그 이후 한 시간을 기다려도 전광판에 번호가 뜨지 않아 결국 다른 직원에게 물어보았는데, 내가 타야 할 기차는 이미 출발했다고 말해주었다. 피렌체에서 볼로냐로 가는 기차 편명을 찾아야 했었는데, 알고 보니 내가 계속 보았던 기차 편명은 볼로냐에서 베로나로 가는 기차의 편명이었다. 아, 너무 황당하고 허무했다. 베로나에서 피렌체로 돌아오는 기차는 취소할 수도 없는 표였다. 결국 왕복표를 모두 날린 셈이었다. 기차는 이미 떠났고, 제대로 확인하지 않은 내 잘못이었다. 베로나에 꼭 가고 싶었지만, 다음에 또 이탈리아에 올 핑계로 남겨두기로 했다. 어쩔 수 없지 뭐. 밥이나 먹고 기분 풀자….

"La bussola"라는 레스토랑에 가서 1인분 스테이크와 까르보나라, 그리고 스파클링 와인 벨리니(Bellini)를 주문했다. 그런데 다 먹은 후 계산하려고 보니 2유로가 부족했다. 이탈리아의 대부분의 식당은 자리세로 1~3유로를 받는데, 자리세를 생각하지 못 하고 음식을 시켰던 거였다. 아, 오늘 진짜 나 왜 이러냐. 결국 나는 직원에게 내 상황을 설명한 후, 내 물건을 여기에 두고 숙소에 가서 돈을 가져와도 되겠냐고, 정말 미안하다고 말했다. 그러나 곤란해 할 것이라고 생각했던 내 예상과는 다르게 직원은 웃으며 'Don't worry.' 라고 말하고는 2유로를 빼고 계산해주었다. 그에게 연신 고맙다고 말하며 가게를 나섰는데 나오자마자 눈물이 났다. 하루 종일 누군가의 잘못도 아닌 온전히 나로 인해 생긴 곤란한 일들의 연속, 그로 인한 서러움과 곤란했던 나의 상황을 이해해준 직원에 대한 고마움이 섞인 울음이었다. 길바닥의 어느 문 앞에 앉아 진정 될 때까지 조용히 울었다. 아마 오랜 시간이 지나도 그 직원을 잊지 못 할 것 같다. 혼자임이 처음으로 서러워진 오늘, 그 곳에 가지 않았다면 내 기분은 하루 종일 엉망이었을 텐데, 그 직원 덕분에 좋지 않았던 기분은 오래 가지 않았다.

그때, 문 앞에 앉아 울고 있는 나에게 곤히 자고 있는 갓난아이를 업고 있는 흑인 여자가 악수를 청하며 말을 걸어왔다. 어느 나라에서 왔냐고, 왜 울고 있냐고, 무슨 일 있냐고. 평소 같았으면 악수를 청하는 손을 무시하고 아무 대답도 않았을 텐데 (유럽에는 악수를 하는 순간 팔에 팔찌를 채우고서는 팔찌를 찼으니 돈을 달라고 하는 팔찌 강매단이 있다. 혹은 일부러 친근하게 말을 걸며 정신없게 만들고서는 주머니를 뒤져 지갑 속의 돈을 가져가는 소매치기들이 많다. 모든 흑인들이 그렇지는 않으나, 이렇게 행동하는 흑인들 중에서는 대체로 다수가 그렇기 때문에 언제나 경계해야 한다. 경계해서 나쁠 것은 없으니.) 나를 위로해주는 듯한 말투에 나도 모르게 손을 내밀며 한국에서 왔다고 대답했다.

근데 그 순간, 어디선가 한국인 모녀 두 명이 나타나 내 팔을 덥석 잡고선 그녀에게 'She is my friend.(내 친구야.)'라며 나를 데려가려 했다. 그리고는 이 아이에게서 돈 뜯어내려는 거 아니까 그냥 가라고 외쳤다. 그 말을 들은 그녀는 정곡을 찔린 듯 갑자기 모녀에게 마구 화를 내며 나를 억지로 데려가려 했다. 나를 위로해주려는 사람인 줄 알았으나 그녀도 흑심을 품은 사람이었다. (업고 있던 아기는 단지 동정심 유발용이었던 것이다.) 모녀는 그냥 지나가려다가 내가 한국에서 왔다고 대답한 것을 듣고 나를 도와주려고 다시 왔다고 말했다. 사실 나는 아직 레스토랑의 그 직원에 대한 감정을 다 그치지 못 했고, 갑자기 일어난 이 상황에 대한 당황스러움과 두 모녀에 대한 고마움이 한꺼번에 몰아친 탓에 그 상황에서 또 눈물을 뚝뚝 흘렸다. 한참을 언성 높여 싸우다가 화를 내며 그녀는 결국 돌아갔고, 두 모녀는 내가 혼자 가다가 그녀를 또 마주칠까 나와 함께 큰 길로 걸어가 주셨다. 또 자신들의 숙소에 나를 데려가 진정하라고 물과 함께 이것저것 챙겨주시곤 했다.

어머니는 마음이 진정될 때까지 여기 있다 가라며 나를 배려해 주셨다. 연신 고맙다는 말을 건네었다. 그 후 시간 가는 줄도 모르게 언니와 어머니와 수다를 떨었다. 어느새 마음은 이미 진정되어 있었고, 한 두 시간 정도 지났을까. 창밖 너머로는 벌써 해가 저물고 있었다. 신세 졌다고 너무 감사하다고 말하며 일어나려는데 그 때 언니가 '나 친구 생일이라서 생일 선물 사려는데, 혹시 약속 없으면 같이 갈래요?'라고 물었다.

그녀와 같이 숙소를 나서 백화점으로 향했다. 2시간 정도 여기저기 다니며 그녀와 함께 선물을 골랐다. 고르면서도 이런 저런 이야기를 나누는데 그 분위기가 참 편안했다. 마음이 진정되다 못 해 안정이 됐다. 선물을 고르고 그녀와 백화점 앞에서 헤어지며 오늘 너무 고마웠다고, 어머니께도 너무 감사하다고 전해달라고 말했다. 그러자 그녀는 '당연한 거야! 너도 여행하다가 누가 곤란해 하면 내가 오늘 너한테 베푼 친절을 기억하고 도와주길 바라. 친절은 돌고 도는 거거든. 조심히 가 :)'라고 말했다. 웃으며 서로에게 인사를 건네고 나는 피렌체 대성당 쪽으로 걸음을 향했다.

의자에 앉아 오늘 하루를 되짚어보았다. 오늘은 특별히 한 일이 없는데도 참 많은 일이 일어났다. 아쉽고도 고마운 마음, 잊지 못 할 인연이 하루 사이에 또 생겨버렸다. 한국에 돌아가서도 자꾸만 생각 날 것 같다. 아니, 생각 날 것이다. 여태까지 내가 만난 인연들은 수도 없이 많지만, 이렇게 곤란한 상황에서 나를 꺼내어 준 사람들은 처음이었다. 그래서 더욱 진하고 깊게 마음 속에 자리 잡는 사람들이 되었다.

나는 오로지 여행에서만 배울 수 있는 이런 경험을 원했다. 학교에서 기계처럼 외우는 지식들보다 더 넓은 세상 속에서 사람들과 공생하고 그로 인해 쌓여가는 이런 삶의 지혜를. 오늘 같은 일은 나를 더욱 성장하게 만든다.

오늘 일도 내 기억 속에서 오래 숨 쉬겠구나.

# 밀린 그리움들에게

: 8시간의 시차 너머로도 선명한 마음

제발 누가 시간 좀 빠르게 돌려달라고, 삶이란 너무 덧없는 것이라고 생각하던 시절이 빠르게 잊혀져가고 있다. 간사하게도, 이곳에서의 나는 삶을 살아가며 숨을 쉬는 모든 순간들과 매 분 매 초가 사무치도록 소중해졌다. 제발 시간이 멈추기만을 매일 밤마다 기도한다. 한국에서의 힘들었던 수많은 나날들을 뒤로 하고 이곳에서 마냥 행복하기만 할 순 없을까. 혹여나 이게 꿈일까 두려워서 매일 밤 나는 잠을 못 이룬다. 새벽 두 시가 되어도 자기가 아쉬워 괜히 오늘 찍은 사진들을 연신 넘겨보고, 오늘 있었던 일들을 여러 번 곱씹어보고, 숙소 밖으로 나가 거리를 괜히 거닐어본다. 자고 일어나면 다시 내 방일 것만 같아서. 자고 일어나면 내 침대 위에서 눈을 뜰 것만 같아서. 이게 혹여나 꿈이라면, 이 달콤한 꿈속에서 너무 빨리 눈을 뜰까 두려워서 매일 아침 눈을 떠도 늦잠을 자려 했다.

자고 일어나니 내가 보고 싶다는 친구들의 연락이 우수수 쏟아진다. 그들의 그리움이 8시간의 시차를 뛰어넘고 선명하게 와닿는다. 내가 너무 보고 싶다는 친구들, 길고양이 사진을 보내면서 고양이 좋아하는 내가 생각났다는 친구, 한국 오면 얼른 같이 밥 먹자는 친구, 한국 오면 내가 좋아하는 연어를 사주겠다는 친구, 얼른 한국 오라고 하고 싶지만 이곳에서의 내가 너무 행복해보여 차마 빨리 오라는 말을 못 하겠다는 친구, 집에 오면 가족끼리 고기 구워먹자는 부모님 등…. 나도 보고 싶어. 한국 가자마자 만나자. 밀린 그리움들에게 답장을 한다. 너희는 이걸 내일 답장하겠지. 한 템포씩 느리게 맞닿는 우리의 그리움. 나에게 그리움은 늘 아픈 감정이었는데, 그렇지만은 않네.

어쩌면 그리움은, 사랑을 또 다르게 발음한 것일 수도 있겠다.

228

# 이름 모를 광장에서 일어난 마법

: 그 수많은 사람들은 평생을 살아도 모르겠지

어제 나를 도와준 모녀와 함께 길을 거닐다가 외관이 꽃들로 화려하게 꾸며져 있는 꽃집을 보곤 내일 여기서 꽃을 사야겠다고 생각했었다. 어디인지 까먹을까봐 곧장 구글맵을 켜 위치를 표시도 해놓았다.

낮 1시에 느긋하게 일어나 준비를 마치고 꽃을 사러 갔다.
꽃집 앞에 도착했는데, 주인장으로 보이는 노인이 꽃집 문을 걸어 잠그고 있었다. 내가 당황해 그녀를 쳐다보니, 그녀는 내가 왜 당황했는지 알아챈 듯, 활짝 웃으며 걸어 잠그던 문을 다시 열어주었다. 은은한 불빛 밑 화려하게 피어있는 형형색색의 꽃들은 무척이나 아름다웠다. 장미를 사려다가, 주황색 튤립의 자태에 시선이 확 쏠려버려 열 송이나 구매했다. 한 송이 당 1유로였다. 즐거운 표정으로 콧노래를 부르며 꽃들을 정성스레 포장하는 그녀는 마치 소녀 같았다. 그녀는 옅은 갈색 빛 포장지에 꽃을 포장한 후 튤립과 똑 닮은 주황색 리본을 둘둘 감아 나에게 건네며 'You chose a lovely flower like you!(너처럼 사랑스러운 꽃을 골랐구나!)'라고 말했다. 그녀는 내가 살아오며 마주한 노인들 중, 가장 아름다운 미소를 지니고 있었다.

그녀는 나와 함께 꽃집을 나섰다. 다시 문을 걸어 잠근 후 가볍게 인사를 나눈 후 어딘가로 향했다. 순전히 나를 위해 걸어 잠그던 문을 다시 열어준 그녀의 친절과 다정한 그 말 한 마디로 인해 오늘 하루 시작이 행복하다.

꽃집에서 조금 떨어져있는 이름 모를 광장에서 노래를 굉장히 크게 틀어놓고 작은 축제를 하고 있었다. 그 광장 안에는 나이와 남녀에 상관없이 많은 사람들이 분장을 하고 코스튬을 입고 있었다. 나는 영화를 즐겨보는데, 그 중에서도 디즈니를 정말 좋아한다. 내 무릎 정도 오는 금발 머리의 어린 남자 아이가 디즈니 영화 "Toy story"의 주인공 버즈의 우주복을 입고 아장아장 걸어 다니던 게 너무 귀여워 계속 바라보곤 했다. 오늘 이탈리아의 무슨 날인가? 웬 축제지. 레몬 맛 젤라또를 먹으며 사람 구경을 하고 있었던 참에, 굉장히 큰 카메라를 목에 메고 계셨던 어느 노인이 나에게 사진을 찍어도 되냐는 듯 카메라를 올려보였다. 나는 말 없이 한 쪽 품에 튤립을 안고 활짝 웃으며 젤라또를 먹는 포즈를 취했다. 그는 나에게 'Thanks you!'라고 말하고는 홀연히 떠났다. 여기저기 돌아다니다가 조그마한 분수대 앞 난간에 기대어 느긋하게 축제를 구경했다.

얼마 지나지 않아 아주 화려한 빨간 색의 옷을 입고 짙은 분장을 한 남녀 두 명이 내 양 옆에 앉았다. 가슴팍에 번호 표가 붙어있는 걸 보니 아마 공연에 나가기 전 잠깐 앉아 쉬는 듯 했다. 나는 그들 사이에 서서 축제를 구경 중이었는데 많은 사람들이 그들과 내 쪽을 향해 카메라를 들었다. 중간에 껴 있는 게 머쓱해 비켜주려고 일어났더니 사진 찍는 분들이 나도 같이 서 있어 달라고 했다. 'Me?(저요?)' 웃으며 저 분들과 나를 같이 찍고 싶다고 했다. 그래서 두 사람 사이에 서서 함께 계속 사진을 찍었다. 아니 찍혔다. 그러던 중에 한 여자가 이 사람들과 사진을 찍고 싶어 하길래 자리를 내어주었다. 사진을 찍고 난 뒤 나한테 뭐라 말을 걸었지만 시끄러운 노래 소리 때문에 잘 들리지 않았다. 아마도 내 사진을 찍어주겠다는 것 같아서 고맙다고 내 휴대폰을 건네주었는데, 알고 보니 나와 사진을 찍고 싶다는 말이었다. 'Me…?' 'Yes!' 당황했지만 해맑게 그렇다고 대답하는 그녀의 부탁을 거절할 수가 없었다.

그리고는 다시 내 자리에 서 있었는데, 카메라와 휴대폰으로 나를 찍는 사람들이 정말 많았다. 이 사람들과 함께가 아닌, 나 혼자만을 찍는 사람들도 있었다. 나는 분장도 안 했고, 코스튬이나 화려한 복장 차림도 아닌데 그 좋은 카메라로 정말 열정을 다 해서 나를 찍는 이 상황이 웃기고 재밌어서 나를 찍을 때마다 웃어줬다. 웃어줬다기보다는, 웃기고 즐거워서 자꾸만 웃음이 삐죽삐죽 새어나왔다.

그 때, 내 옆의 앉아있던 분장을 한 여자가 나한테 휴대폰을 내밀며 같이 사진을 찍어달라고 했다. 'What? Me???' 이번에는 정말 누가 봐도 내 얼굴에 당황한 기색이 역력했을 것이다. 보통 분장한 사람이 아무 것도 하지 않은 일반인한테 먼저 사진 찍자고 하는 경우는 없지 않나…. 그녀에게 나 말하는 거 맞느냐고 연신 물어댔다. 그녀는 계속 웃으며 그렇다고 대답했다. 그녀의 휴대폰으로 사진을 찍고 난 뒤 내 휴대폰으로도 사진을 찍으려는데, 그 순간 누군가 여기를 봐달라고 외쳤다. 그래서 사진 속의 두 사람은 내 카메라를 보고 있지만 나는 다른 곳을 보고 있다.

이 상황이 너무 웃겼다. 난 그냥 조그만 동양인 여자 아이일 뿐인데! 내가 뭐라고 이렇게 많은 사람들의 관심을 받고 있는 건지, 간접 연예인 체험을 하는 이 기분이 웃기면서도 즐거웠다.

나를 찍고 나서는 모두들 웃으며 고맙다고 말해주었다. 그들의 카메라와 미소를 보는 순간, 어김없이 "아, 잊지 못 할 순간이 또 생겨버렸구나" 싶었다. 한국에 돌아갈 날이 얼마 남지 않아서 더 이상 아쉬운 것들을 절대 만들고 싶지 않았으나, 내 의지와는 상관없이 자꾸만 특별하고도 아쉬운 것들이 생겨난다. 지금은 코로나 바이러스 때문에 인종차별이 특히나 더 심해지고 있는 시기인데도 불구하고, 이토록 짧은 시간 동안 많은 사람들이 나를 좋아해준 시간이 정말 꿈만 같다. 혹시 진짜 꿈이 아닐까 싶어 내 볼을 꼬집어보기도 했다. 사람들이 나를 왜 찍었는지는 아직도 의문이지만 그저 꽃을 들고 있는 내가 마음에 들었나 보다, 그렇게 생각하기로 했다.

나를 찍은 수많은 사람들은 평생이 지나도, 아마 죽었다가 깨어나도 모를 것이다. 단지 마음에 들어서 나를 카메라에 담던 아주 짧은 그 순간들이, 나에게는 몇 년이 지나도 잊지 못 할, 세월이 흘러도 수없이 떠오를 얼마나 아쉬운 순간이 되었는지 말이다.

# 황홀에 잔잔히 젖어드는 붉은 노을
: 언제 또 이런 노을과 마주할 수 있을까?

오늘 하루의 시작도 역시 레몬 맛 젤라또 먹기! 그 이후 발길이 닿는 대로 피렌체를 거닐었다. 몇 시간 내내 노래를 듣고 사진을 찍었더니 휴대폰 배터리가 벌써 다 떨어져간다. 충전하고 잠시 쉴 겸, 숙소로 향했다. 가는 길에 중앙시장에 들러 저번에 맛있게 먹었던 그 때 그 조각피자를 두 개 포장했다. 이 조각피자는 대체 어떻게 만든 걸까. 재료가 많이 들어가지 않았는데도 이렇게 맛있을 수가 있다니. 자꾸만 생각나는 맛이다.
먹으면서 오늘 저녁에는 뭘 할까 고민했다. 음. 오늘은 T본 스테이크가 먹고 싶은데 혼자 먹기에는 양이 너무 많고 1인분을 시키기엔 등심만 나오는 곳이 많아서 아쉽고…. 결국 같이 저녁 먹을 동행을 구했다. 나를 포함해 총 네 명이었다.

레스토랑의 예약 시간은 아홉 시였고, 다섯 시 쯤 동행 한 명과 먼저 만났다. 그녀와 나는 길을 거닐며 오늘따라 하늘이 예쁘다는 이야기를 나누었다. '밥 먹기 전에 우리 잠깐 강가 가서 노을 볼래요?' 나의 제안에 그녀는 선뜻 좋다 대답했고, 나는 내가 며칠 전 길을 잃다 마주한 그 다리로 그녀를 데려갔다. 가는 길에 건물 사이로 언뜻 언뜻 보이는 핑크빛 구름은 그녀와 나의 발걸음을 자주 멈추게 만들곤 했다.

건물 속을 빠져나와 탁 트인 강가에 도착했다. 그녀와 나는 동시에 감탄이 섞인 탄성을 내질렀다. 세상에. 진짜 이게 말이 되나? 이런 노을은 살면서 처음 본다. 보정을 하지 않고도 하늘이 이렇게 선명하게 붉을 수가 있다니. 마치 하늘에 필터를 입혀놓은 것 같았다. 피렌체의 노을은 로마의 노을보다 강렬했다. 피렌체에 사는 사람들은 이런 노을에 익숙한 일상을 지내는 건가? 진짜 말도 안 돼. 속으로 오만가지 생각을 다 했다. 붉은 황홀이 지나니 황혼이 찾아왔다. 검붉은 색으로 물들어가는 피렌체도 퍽 멋있었다. 내가 살면서 언제 또 이런 노을을 볼 수 있을까? 노을을 애정하는 나로서, 오늘따라 한국에 돌아가기 싫다는 생각을 수 만 번은 한 것 같다. 저무는 노을을 뒤로 하고 피렌체 대성당 쪽으로 발걸음을 옮겼다.

발걸음이 멀어져도 그녀와 나의 마음은 여전히 노을 속에서 헤어 나오지 못 한 채 자꾸만 연신 뒤를 돌아보곤 했다.

# 타국에서 누군가 나를 기억해준다는 것

: 나도 누군가에게 아쉬운 인연으로 남았으면

그녀와 횡단보도를 기다리며 멋들어진 건물들을 배경으로 서로 사진을 찍어주던 도중, 누군가 친근하게 어깨동무를 하며 반갑게 인사를 건넸다. 당황한 채로 옆을 돌아보았는데, 그가 누구인지 알아채는 건 오래 걸리지 않았다. 그는 내가 종종 가던 레스토랑 "BUCA MARIO"의 직원이었다. 그 레스토랑에 처음 방문한 날 우리 테이블을 담당했던 서버이자, 두 번째로 갔을 때 나를 기억하고 반갑게 악수를 건네던 바로 그 직원. 그를 알아채자마자 너무 놀란 나머지 '헐 뭐야!'라고 한국말이 나와 버렸다. 그와는 간단하게 인사를 나눈 후 헤어졌다. 5분이 5초처럼 빠르게 지나가버렸다. 그 시간이 이토록 짧게 느껴질 줄이야. 한 도시에 오래 머물면 이런 것이 좋다. 타국에서도 나를 기억해주는 사람이 있다는 것과 마주치면 반갑게 안부 인사를 나눌 사람이 있다는 것.

나는 누군가의 마음속에 오래 남는 사람이 되고 싶다. 내 존재 자체만으로도 잊혀지지 않을 사람, 진한 향수 같이 한 번 맡으면 잊혀지지 않고 자꾸만 뒤돌아보게 되는 그런 사람. 아니면 아쉬운 인연도 좋겠다, 내가 모든 인연들에게 그런 마음을 느끼듯, 누군가도 내가 자꾸만 아쉬워 나를 찾아주면 좋겠다.

# 기억에 남는 사람이 되는 방법

: 말 한 마디의 힘

드디어 나머지 나를 포함한 총 네 명이 모두 만났다. 모두 혼자 유럽여행을 온 사람들이었다. 피렌체의 유명한 T본 스테이크 집 "Dall'Oste"로 향했다. 네이버에 "피렌체 맛집"을 검색하면 "ZaZa"와 "Dall'Oste" 두 레스토랑이 가장 많은 자리를 차지한다. Dall'Oste는 언제부터 한국에서 유명해졌는지는 모르겠으나, 한국인이 많이 방문하는 영향 탓인지 직원 몇 몇이 한국어를 구사할 줄 안다. 참고로 한국인 직원도 있다. 덕분에 한국인들도 주문하는 데에 있어 크게 어려움을 받지 않을 것이다.

우리가 우리나라에서 한국말로 인사하는 외국인을 보면 무언가 기특한 마음이 드는 것처럼, 그들도 똑같다. 여행하는 나라의 언어를 조금이라도 할 줄 안다면, 나를 대하는 사람들의 태도가 달라지곤 한다.

내가 레스토랑에 들어가자마자 카운터에 있던 한 직원이 우리를 향해 또박또박하게 '안녕하세요!'라고 인사를 건넸다. 그의 인사에 나는 'Ciao.(안녕.)'라고 이탈리아어로 대답했다. 단순한 말임에도 불구하고 내가 이탈리아어를 안다는 그 사실 자체에 놀랐는지, 그는 이탈리아어를 할 줄 아냐면서 호기롭게 내 이름을 물었다. 외국인들은 대부분이 "ㄴ" 발음을 어려워한다. 내가 "나윤"이라고 이름을 알려주면 십중팔구가 "나용" 혹은 "나욘" 이렇게 발음하곤 한다. 꽤 귀엽다.

자리를 안내 받고, 우리는 T본 스테이크와 베이컨 트러플 파스타 그리고 토마토 파스타 총 3개를 시켰다,

내가 이탈리아어를 쓰는 게 그에게는 굉장히 흥미로웠나보다. 이후 식당 안에서 나와 눈이 마주칠 때마다 윙크를 하거나 손키스를 날리거나 혹은 눈웃음과 함께, 어디서 배운 건지 손가락 하트를 날리는 둥 계속 나한테 끼를 부렸다. 그리고는 서비스로 하우스와인 1리터 한 병을 통째로 주기도 했고, 나갈 때마저 내게 손가락 하트를 날리곤 했다.

계산을 마치고 그에게 'di nuovo ci vediamo.(다음에 또 만나자.)'라고 전하며 가벼운 악수를 나누고는 식당을 나섰다.

나는 이탈리아의 마트, 식당, 슈퍼, 담배가게, 숙소⋯등 어느 곳이든 간에 되도록이면 이탈리아어로 말하려고 노력하는 편이다. 굳이 무언가를 사고팔고 주문하는 곳이 아니더라도 말이다. 우리가 우리나라에서 어눌하게라도 한국어를 하려는 외국인을 보면 기특한 마음이 드는 것처럼, 내가 어눌하더라도 그들의 언어를 내뱉으면 그들도 그런 나를 귀엽게 봐주곤 준다. 특히 그들의 언어로 말을 하면 눈에 띄게 친절하게 대해준다. 내가 말을 꺼내기 전과 말을 꺼낸 후의 태도는 미묘하게 차이가 있다. (그렇다고 해서, 그 나라의 언어를 쓰지 않으면 불친절하다는 말은 아니다.) 나는 영어가 아무리 세계적으로 쓰이는 언어라고 한들, 그래도 타국에 가면 그 나라의 언어로 말을 하는 게 기본적인 예의라고 생각한다. 다른 나라로 여행 갈 일이 있다면 기본적인 인사말과 간단한 의사소통 정도는 배워가는 것을 추천한다.

246

# "나는 내 생각보다 괜찮은 사람일지도 몰라"

: 태초를 찾아내기보단, 있는 그대로의 감정을 사랑하기

어제 저녁 식사를 하러 갔던 'Dall'Oste'의 기억이 너무 좋게 남아서 오늘도 그 곳을 방문했다.

오늘도 어김없이 어제 본 그가 있었다. 내가 가게로 들어서자마자 그는 나를 단번에 기억했다. 나를 보자마자 카운터에서 나와 내 손을 덥석 잡고는 한국말로 '예쁘다.'라고 말했다. 나는 웃으며 그 말은 어떻게 알았냐고 물으니, 그는 내가 어제 그의 기억 속에 깊이 남았다며, 나를 다시 보는 날 꼭 이 말을 한국어로 해주고 싶어 연습했다고 했다. 다시 나를 이렇게 빨리 다시 마주치게 될 줄은 몰랐다는 말도 덧붙이면서.

자리에 앉고 몇 분 후, 한 직원이 우리 테이블로 식전빵을 가져다주었다. 'Grazie.(감사합니다.)'라고 말했더니, 그녀가 고개를 갸웃거리며 나에게 'Oh, Didn't you come here yesterday?(너 어제 여기 오지 않았어?)'라고 물었다. 웃으며 그렇다고 하니 그녀도 싱긋 웃었다. 나를 기억하는 사람이 또 있구나. 카운터의 그는 어제 나와 대화를 나누어서 나를 기억하는 것이라 쳐도, 그녀와는 어제 대화를 나누지 않았다. 한 번 온 손님을 기억하는 그녀가 내심 대단하면서도, 나를 기억해준다는 그 사실 하나로 그렇게, 나는 또 행복해지곤 했다.

저녁 식사를 마치고 나가는 길에 그와 짤막한 대화를 나누었다. 계산을 마친 후 나는 그에게 'Di nuovo ci vediamo, piacere di conoscela!(다음에 또 만나자, 너를 알게 되어서 반가웠어!)' 라고 말하니 그도 'Ci vediamo, Piacere!(만나자 꼭, 반가웠어!)'라고 말해주었다. 대화를 마치고 나가려던 참에, 그는 나에게 내 인스타그램 아이디를 알고 싶다고 말했다. 너무 반가운 말이었다. 나와의 인연을 계속 이어가고 싶다는 말.

그와 마지막 악수를 나누고, 아쉬운 마음을 한아름 안고서 가게를 나섰다. 아쉬우면서, 자꾸만 모순적이게도 행복이 함께 한다. 이런 감정은 난생 느껴본 적이 없다. 그러나 이탈리아에서는 이러한 감정을 느끼는 일이 나에게 일상이 되어버렸다. 이 감정은 대체 무슨 마음일까, 매번 알 수 없이 애매하기만 하다. 하지만 이런 마음의 원인과 태초를 찾으려 애쓰지 않고, 그저 있는 그대로의 감정을 받아들이고 그것을 사랑할 줄 아는 내가 되어야겠지. 이 전까지는 절대 느낄 수 없었던 감정들을 여기, 이탈리아에서 참 많이 느끼고 또 배웠다.

한국에서의 나는, 스스로가 괜찮은 사람이라는 생각은커녕 "내가 과연 괜찮은 사람일까?" 따위의 생각조차도 나에게는 과분하다고 생각했다. 하지만 이탈리아로 떠나오고 나서부터는, "나라는 사람이 전보다는 조금 더 괜찮은 사람으로 성장하지 않았을까."라는 생각을 종종 한다. 자존감 낮은 내가 이런 생각을 한다는 것 자체가 나에게는 상당히 어색하고 낯설기만 하다. 나쁘지는 않다. 긍정적으로 변해가는 이곳에서의 내 모습이 퍽 마음에 든다. 한국에 돌아가도 부디 이 모습, 이 마인드 그대로이길 바랄 뿐이다,

# 우물 안 개구리
: 내가 사는 세상은 너무나도 비좁은 곳이었다

넓디넓은 이 세계 안에서의 나는, 점보다도 작은 티끌만한 존재다. 이곳으로 떠나오고 나서, 이 세계는 너무나도 광범위한데 그에 비해 내가 사는 세상은 너무나도 비좁은 곳이었다는 것을 종종 깨닫곤 했다. 이 세상 속에서 바라보는 나조차 부끄러울 만큼 작은 존재라고 느껴지는데, 우주에서 바라보는 나는 얼마나 터무니없이 작은 존재이려나. 그런 생각을 하다 보면, "조금은 더 과감하게 내가 하고 싶은 것을 마음껏 해도 괜찮지 않을까"라는 생각이 든다. 내가 원하는 것을 누리며 마음껏 행복해져도 괜찮지 않을까. 간혹 남들과 다른 길을 걷는다며 손가락질과 비난을 받을지라도, 그래봤자 고작 작은 점 속에서 일어나는 사소한 일 중 하나일 테니까 말이다.

# 피렌체에 남아있는 수많은 나

: 나는 얼마나 많은 나를 남겨두었을까?

사실 피렌체는 생각보다 큰 도시가 아니다. 다른 도시들에 비하면 굉장히 조그맣고 좁은 도시라 하루면 피렌체를 다 둘러볼 수 있다. 보통 피렌체를 여행한다면 1-3일 정도 머무는데 나는 피렌체에서만 총 17일을 지낸다. (사실 볼 게 많을 줄 알았다.) 오래 머물다 보니 이제는 여행이 아니라 일상을 살아가는 하루들의 연속이다. 하루 일정을 빽빽하게 계획해놓고 그것에 맞춰 여기저기 이동하는 것보단 노래를 들으며 느긋하게 걸어 다니는, 그런 시간에 쫓기지 않는 일상 같은 날들이 더 좋다. 여유로움, 느긋함, 평화로움 같은 단어를 좋아하는 나로서 그러한 날들을 사랑하지 않을 수가 없다. 볼 게 많지 않은 피렌체에서의 17일은 결코 지루하지 않았다.

피렌체 사람들도 관광객들이 피렌체에서 그다지 많은 시간을 소비하지 않는다는 것을 안다. 그래서인지 내가 거의 매일을 가던 젤라또 가게의 사장님은 'Do You live here?(너 여기 살아?)'라고 물은 적이 있었다. 3주 동안 8번은 갔을 한식당의 사장님도 나에게 '여기 사시는 분이세요?'라고 묻곤 했고.

그리고 3주 동안, 내가 두오모 앞을 지나칠 때마다 거의 매일을 나에게 다가와 '커피 마실래?'라고 묻는 피렌체 대성당 앞 마차를 끄는 젊은 남자가 있다. 열 몇 번 쯤 되었을까, 또 나한테 다가왔을 때에는 내가 너 또 왔냐며 어이없게 웃기도 했다. 그의 이름은 Jolie였다. 이번에는 평소와 달리 조금 오래 대화를 나누었는데, 그는 내가 매일 이 곳 앞을 지나가는 걸 보았다고 했다. 그리고는 내가 매일 예뻤다고 말했다. 고맙다고 말했더니 아니나 다를까 또 '커피 마실래?'라고 묻는 그를 거절했다. 거절한 이유는 단순히 그가 마음에 들지 않아서가 아니다. 그와 짤막하게 대화를 나누었을 때, 그는 생계를 위해 마차 끄는 알바를 하고 있다고, 근데 사람들이 택시나 버스를 더 이용하지 마차를 잘 타진 않는다고 말했다. 그 문장을 내뱉는 그의 눈에서, 나는 그에게 있어 이 일이 중요하면서도 간절해 보인다고 느꼈다. 나와 커피를 마실 시간에 그가 한 명이라도 더 마차를 태워 돈을 벌 수 있길 바랐다. 나와 함께 하며 시간을 허비하지 않길 바랐다. 내가 다시 피렌체를 방문하는 날 그 때에도 그가 여전히 이 자리에 있다면, 그 때는 그와 조금이라도 시간을 함께 하고 싶다는 생각을 했다.

그리고 앞서 말했던 젤라또 가게의 사장님은 내가 방문한지 연속 3일째 되는 날부터, 나를 보면 말하지 않아도 늘 웃으며 4유로 컵에 레몬 맛을 담아주었다. 한식당의 직원들은 내가 첫 방문 날을 제외하곤 늘 제육볶음을 먹는 걸 기억하고, 여느 날 내가 들어왔을 때 나에게 오늘 제육볶음이 다 떨어졌다고 미안한 표정을 지어보이기도 했다. 그 외에도 밖에서 나를 알아봐주고 먼저 다가와 반갑게 인사를 건네었던 BUCA MARIO의 직원, Dall'Oste의 직원, 자주 가던 술집 MOVE ON의 직원 등 많은 이들이 나를 기억해주었다.

나는 여기, 피렌체에 얼마나 많은 나를 남기고 왔을까?

단지 여행을 떠나온 곳에서 나를 기억해주는 사람이 이렇게나 많다는 것은 정말 축복 받은 일이다. 아니 축복을 넘어선 일이다. 마치 기적과도 같다고 말해도 과언이 아니다. 낯선 곳에서 나를 기억해주고, 나를 반겨주는 사람이 한 명도 아니고 여러 명이라니. 나는 내가 이곳에 있다는 것과 이곳의 사람들이 나를 사랑해주는 것이 여전히 믿기질 않는다. 한국에 돌아가면, 이탈리아에서 지낸 모든 날이 사실 오랜 시간 동안 꾸었던 달콤한 꿈이라고 느껴질 것만 같다. 이탈리아에서의 나는 너무 현실성이 없는 일상을 지냈다.

사실 나는 내가 쓴 책을 보는 게 힘들다. 아파했던 나의 모든 날들이 책 안에 생생하게 살아 숨 쉬고 있기 때문에. 그렇지만 힘들었던 날들은 모두 지우고 새롭게 시작하자고, 19살의 첫 시작은 이 이탈리아 여행으로써 행복해지자고, 이탈리아에서 삶의 이유를 찾는 건 바라지도 않으니, 행복한 추억 하나 쯤은 갖고 한국으로 돌아가자고, 마지막으로 삶을 살 용기를 가져보자고. 그렇게 여행을 떠나기 전 내가 쓴 책들을 읽으며 굳게 다짐하던 작년 18살의 내 바람은, 아마도 이루어진 것 같다.

이탈리아란 나에게 단지 휴식이나 여행지가 아닌, 간절히 행복해지고 싶어서 떠난 내 삶의 마지막 희망이었다. 그렇게 떠난 이탈리아 여행은 성공적임을 뛰어넘어 그 너머의 것마저 얻게 해주었다. 떠나오지 않았다면 느끼지 못 했을 많은 것들. 그것들은 이제 나의 삶의 이유가 되었다. 앞으로 내가 살고 싶지 않을 때마다 떠올라 나를 다시금 살아가게 만들어줄 것이다.

Oggi sono l'ultimo giorno del mio viaggio a Firenze.
Tra gelato che abbiamo mangiato nelle di Roma, Venezia e Firenze, questo è stato il migliore.
Ricorderò questo qui anche in Korea.
Il tuo sorriso è stato sempre ~~gentil~~ gentile insieme
Grazie. Buon giornata!
♡

# 그녀의 기억 속에서 내가 오래 숨 쉬기를

: 꼬깃꼬깃한 편지와 진심

아, 내가 거의 매일 갔다며 자주 언급하던 젤라또 가게의 이름은 "La Cattedrale Bar Gelateria"이다.

내일이면 다시 로마로 떠나기 때문에 피렌체에 머무는 건 오늘이 마지막이다. 오늘도 어김없이 레몬 맛 젤라또를 먹으러 갔고, 어김없이 그녀는 나를 기억하고 레몬 맛 젤라또를 퍼주었다. 가게에 앉아 젤라또를 먹으며 그녀에게 편지를 썼다.

"Oggi sono l'ultimo giorno del mio viaggio a Firenze. Tra gelato che a bbiamo mangiato nelle di Roma, Venezia e Firenze, questo e stato il migliore. Ricoredero questo qui anche in Korea, Il tuo sorriso e stato sempre gentile insteme. Grazie. Buon giornata."

/

"나는 오늘이 피렌체에서 머무는 마지막 날이야. 내가 로마, 베네치아, 피렌체에 머물면서 먹었던 젤라또 중에서 이 가게가 제일 맛있었어. 아마 한국에 돌아가도 계속 생각날 것 같아. 너의 친절했던 미소도 함께 말이야. 고마워. 좋은 하루 돼!"

젤라또를 다 먹고 편지를 꼬깃꼬깃 접었다. 휴, 괜히 긴장이 되어 크게 숨을 한 번 호흡했다. 젤라또 컵을 쓰레기통에 버린 후 나가기 전에 용기 내어 그녀에게 편지를 건네주었다. 그녀는 웃으며 "For me? Thanks you!" 라고 말했다. 나로 인해 오늘 그녀의 하루가 부디 기분 좋은 하루로 기억되길 바란다.

# 잘 있어, 내가 사랑한 피렌체

: 잊지 않을 거라는 말보단 잊지 못 할 거란 말이 더 어울리는

사랑하는 것들을 두고 어쩔 수 없이 떠나야 할 때는 언제나 발걸음이 무겁다. 마음이 자꾸만 아쉬워 한 걸음 내딛을 때마다 연신 뒤를 돌아보곤 한다. 오늘 아침 로마로 가기 위해 기차역으로 가는데 머리가 엉망진창이 될 정도로 바람이 세게 불었다. 당장이라도 비가 올 것처럼 하늘도 무척이나 흐렸다. 피렌체에 3주 간 머물면서 한 번도 이런 날씨는 본 적이 없었다. 2월인데도 불구하고 하루도 빠짐없이 더울 정도로 날이 쨍쨍하고 화창했었는데. 피렌체야, 너도 내가 너를 떠나는 게 아쉽구나. 그래서 오늘 말썽을 부리는 거구나. 또 올게. 약속할게.

잘 있어, 피렌체. 한국에 돌아가서도 나는 절대 단 하루조차 여기를 잊지 않을 거야. 아니, 잊지 못 할 거라는 말이 더 어울리겠다. 어쩌면 매일을 그리움으로 번진 밤을 보낼 수도 있겠지.

268

*Again to my Rome*

# 로마, 두 번째 안녕

: 시간이 지난다고 잊혀질 것이 아닌 것들이 로마에는 널려있다

기차를 타고 다시 로마에 도착했다. 두 시간 전까지만 해도 기차 안에서 피렌체를 떠난다는 사실에 울적해했으면서, 로마에 도착하자마자 "이곳에 다시 돌아왔다."라는 설렘이 울적한 기분을 지워버리고 다시 내 심장을 뛰게 만들었다.

저번 로마에서 지낼 때 묵었던 호스텔에서 또 묵게 되었다. 기차역을 나와 멍하니 로마의 풍경을 보고 있자니, 이탈리아로 떠나온 첫 날 기차역에서 나오던 그 순간이 생각난다. 기차역을 나와 처음 로마의 풍경을 보게 되던 그 순간, 1월 말 답지 않게 쨍쨍한 햇살 아래 조금은 차가운 공기를 하염없이 느끼던 순간, 갈색 톤의 건물들을 보며 내가 꿈꾸던 로망이라며 감탄하던 순간, 그 모든 순간들이 합쳐져 내가 정말 로마에 도착했음을 실감하던 그 날. 지금 내 감정은 마치 그 날로 돌아간 것만 같다. 그 날과 다른 점이 있다면, 지금은 기차역에서 호스텔까지 지도를 보지 않고도 찾아갈 수 있다는 것. 호스텔로 걸어가는 이 길이 그리웠다. 이 길은 늘 나를 설레게 만든다.

호스텔 앞에 도착했다. 이 갈색 문이 이렇게나 반가울 줄이야. 이 문과 처음 마주하던 그 때가 생각난다. 왜인지 모르게 뭉클하기도 하네.

내가 들어가자, 리셉션의 직원들은 나를 보자마자 단번에 나를 기억했다. 나를 보자마자 모두가 "Wow! Welcome back!"이라고 외쳤다. 그리고는 그 동안 이탈리아의 어느 도시를 다녀왔느냐고 물으며 잠깐의 대화도 나누었다.

로마는 여전했다. 로마의 향기와 이 특유의 따스한 온기, 친절하고 유쾌한 사람들, 뺨을 스치는 기분 좋은 바람, 보기만 해도 기분 좋아지는 갈색톤 건물들, 귀여운 강아지들, 내가 사랑했던 뭉게구름. 하물며 내가 그리워하던 이 사랑스러움과 이 도시가 주는 평화로움과 다정함도 역시.

모든 게 그대로였다. 시간이 지난다고 잊혀질 것이 아닌 것들, 그런 것들이 로마에는 널려있다.

그리웠다. 이어폰을 꽂고 노래를 들으며 숙소에서 광장까지 걸어가는 15분이 말이다. 처음 이 곳에 왔을 때에는 사람들과 인사하는 일이 그렇게나 어렵고 어색했는데, 이제는 자연스럽게 지나가는 이들과 시선을 맞추며 인사를 나눈다. 위축되어 걷던 나는 온데간데없고 당당하게 걸음을 내딛는 내가 있다. 처음 로마에 도착했을 때의 나와 여행이 끝나가는 지금의 나는 많은 것이 변해있다.

# 이탈리아에서의 마지막 밤

: 이 여행을 통해 더 이상 아파하지 않길 간절하게 빌어본다

이탈리아를 되돌아보면, 나는 사소한 것들을 자주 사랑했다. 하지만 나는 내가 여전히 사랑하고 있는 이 모든 것들에게, 아직 전하지 못 한 마음이 수두룩하게 쌓여있다. 그래서 지금 눈을 감으면 내일 이 곳을 떠나야 한다는 사실이 자꾸만 적막한 숨을 내뱉게 만든다. 그리고 끊임없이 생각하게 만든다. 과연, 내가 사랑한 것들도 나를 사랑했을까. 내가 이곳에 얼마나 많은 나를 남겨두었는지는 나조차도 알 수 없다. 남겨둔 것은 필히 남겨진 것들만 알 수 있으니. 언젠가 이곳에 다시 돌아오는 날, 부디 그 때도 지금처럼 여전히 예쁘기만을 간절하게 바랄 뿐이다.

이곳을 여행함으로써 나는 내 스스로가 좀 더 나은 사람이 되었다고 자부할 수 있게 되었고, 내 자신이 내 생각보다 괜찮은 사람이었다는 것을 깨닫게 되었다. 여행을 하고 글을 쓰는 그 모습이, 온전히 내가 하고 싶은 일을 하며 살아가는 나의 모습이 얼마나 멋진 모습인지를 나는 이제야 깨달았다.

나는 말이다, 이제야 나를 사랑한다. 가끔은 못난 모습도 있겠지만, 그 또한 내 자신이라고, 그 모습마저도 포용할 여유가 나는 이제야 생겼다.

여지껏, 차가운 밤을 얼마나 더 흘려보내야만 거울 속의 내가 미워 보이지 않을 그 날에게 닿을 수 있느냐고 매일 밤 생각했다. 마침내, 나는 거울 속의 내 모습을 사랑한다. 고작 나를 사랑하자는 것뿐인데, 그간 참 역경의 순간이 가득했다.

나를 사랑하는 일, 세상에서 제일 쉬운 일이자 사람들이 가장 어려워하는 일이다. 나 또한 그랬지만 나는 이번 여행에서 비로소 잃어버린 나를 되찾았다. 너무 오래 걸렸다. 내 자신을 똑바로 바라보는 일과 나의 상처를 회피하지 않고 마주하는 일 그리고 그 상처를 덮어주고 나를 안아주는 일이 그렇게나 오래 걸렸다. 앞으로는 아파할 일이 없었으면 좋겠다.

나는 이제 내가 아파하지 않았으면 좋겠다.

# *Goodbye, My Italy*

# 이탈리아 여행이 끝나고

버겁게만 느껴지던 삶을 살아가는 일이, 우습게도 한 번 행복을 느끼고 나니 자꾸만 욕심이 생기기 시작한다. 한 번 열심히 살아보고 싶어졌다. 더 넓은 세상을 보고 싶어졌다.

언젠가, 그런 생각을 한 적 있다.
"내가 지금 죽지 않으면 언젠가는 행복할 수 있을까. 근데 그 언젠가가 대체 언제일 줄 알고. 행복이 대체 언제 올 줄 알고. 그냥 지금 죽어버릴까. 한 번 눈 딱 감고 죽어버리면 모든 게 편해질 것 같은데. 지금 나에게 있어, 굳이 삶을 살아가야 할 이유가 없다. 진흙 속에서 피어난 꽃이 제일 아름답다지만, 나는 꽃도 채 피우지 못 한 채 진흙 속에서 가엾게 숨만 쉬며 평생을 그렇게 살아갈 것만 같다." 나는 숨을 쉬는 매 순간 순간이 고통스러웠고 매일 밤마다 우울의 바다를 유영했으며, 겨눠야 할 곳은 따로 있는데도 불구하고 날카로운 미움의 촉을 스스로에게 겨누곤 했다.

나는 죽지 못 해 살았다. 내가 살아온 나의 삶을 설명해보라면, 이 한 문장이 가장 완벽한 설명이다.

매일 밤 내가 죽길 바라면서도 죽을 용기가 부족해서 누군가 제발 나를 좀 죽여주길 바라면서 살아왔다.

그러다가 작년 2019년 11월 즈음, 이탈리아로 떠나는 비행기를 끊으며 또 생각했다. "이탈리아로 떠나면 나에게 달라지는 게 있을까? 조금이라도 무언가 변화가 생길까?" 사실 나는 이탈리아로 떠나는 비행기 안에서도 아무 감정이 들지 않았다. 억지로 설레는 기분을 끄집어내려 해도 설레지가 않았다. 두려운 것도 아니었고, 그저 로봇마냥 감정을 느낄 줄 모르는 것 마냥 굴었다. 하지만 이탈리아 공항에 도착하고 로마 역을 빠져나와 처음 로마의 풍경과 마주했을 때, 나는 분명 이곳을 사랑하게 될 것만 같다는 예감이 강하게 들었다.

그 이후 이탈리아 사람들과 대화를 나누며 이탈리아어를 쓰고 있는 나의 모습과 점차 이곳에 스며들고 있는 나의 모습을 되돌아보니, 나는 너무나도 해맑은 표정을 짓고 있었다. 어색하리만큼 나는 행복해보였다. 곰곰이 생각해보니, 행복하지 않을 수가 없었다. 나를 아는 사람이 없는 곳, 낯설고 낯선 사람들로만 가득한 곳, 나를 죽고 싶게 만드는 모든 것들이 사라진 그런 곳을 늘상 꿈꾸곤 했고, 이탈리아는 내가 꿈꾸던 유토피아 그 자체인 곳이었으니까.

그리고 그 중에서도 내가 유독 놀란 나의 모습이 있다. 이미 앞 페이지에서 말했듯, 나는 사람을 잘 좋아하지 않았다. 오래 된 친구들을 제외하고는, 나를 무너지게 만들었던 수많은 날들 이후로 사람이 두려워 새로운 사람을 사귄 적이 없다. 나를 알게 되면 그들이 나를 떠나가진 않을까 하는 걱정에 사람을 사귀는 일이 두려웠다. 나와 친해지고 싶다며 다가오는 모든 사람들을 쳐냈다. 친해지더라도 내가 곁을 내어주지 않으니 오래 지속되지 못 한 관계가 수두룩했다. '친하다고 생각했는데 아닌 것 같다.', '막상 둘이 있으면 할 말이 없고 벽이 있는 느낌이다.', '나윤이는 자기 이야기를 너무 안 한다.', '나윤이를 잘 모르겠다.' 심지어는 정말 친한 친구조차 나에게 '너한테는 가끔 벽이 있는 것 같아.'라고 말한 적이 있었다. 이렇게나 사람에게 방어적이던 내가 이탈리아에서는 처음 보는 사람들과 거리낌 없이 밥을 먹고, 술을 마시고, 눈을 마주치고, 이야기를 나누고, 스스럼없이 장난을 치고, 내 이야기를 하고, 큰 소리 내어 깔깔 웃기도 했다. 한참 어렸던, 때 묻지 않은 초등학생 때에나 보던 나의 모습을 지금 다시 보니 신기했다.

한국으로 돌아오는 비행기 안에서 나는 마지막으로 생각했다. 그 때 죽지 않길 정말 잘했다고, 되도 않는 희망이라도 붙잡고 그렇게 꾸역꾸역 살아가길 잘했다고. 나는 여전히 악몽을 꾸고 매일 밤마다 잠을 설치지만, 아팠던 날들을 떠올리면 아직도 나는 손이 벌벌 떨리고 아무 것도 할 수 없게 되지만, 지금도 눈물이 나지만 그래도 버텨줘서 고맙다고, 죽지 않고 살아줘서 고맙다고.

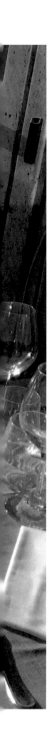

# 잃어버리고 나조차 잊어버렸던

모르는 사람과 만나서 이야기를 나누고 서로에 대해 이야기하며 깔깔대는, 그런 시간들이 나는 너무 좋다. 사람들과 만나 대화를 하다 보면, 문득 그런 생각이 든다. "내가 이런 사람이었나?" 또 말하지만, 내가 살아온 곳에서 내가 듣는 말은 늘 그랬다. '나윤이는 말이 너무 없다.', '나윤이랑 있으면 무슨 말을 해야 할지 잘 모르겠다.', '벽이 있는 것 같다.' 사람을 싫어하는 나는, 새로운 사람들에게 나에 대해 이야기 하는 것이 달갑지 않았다. 나에 대한 이야기가 아니더라도, 그냥 사람들 앞에서 "쓸데없는 주제에 대해 신나게 이야기를 하는 것" 그 자체가 마냥 불편하기만 했다. 내가 프롤로그에서 앞서 말했던, 아마 그때 이후로 지나치게 사람들의 눈치를 본 것이 내 이런 성격의 발단이었다.

나는 여태까지 내가 사람을 싫어한다고 생각했다.

그러나 이곳에 오고 나서야 깨달았다. 나는 사람을 싫어하는 것이 아니라, 연속된 힘든 상황들에 지쳐 마음의 여유가 부족해지는 바람에 사람을 좋아할 여유가 사라졌던 것이었다. 내가 이곳에 머물면서 "사람과 만나는 일"에 행복을 느꼈다는 것이 믿기지가 않는다. 새로운 사람들과의 만남 속에서 행복을 느끼는 일. 한국에서의 나로서는 정말 상상도 못 할 일이다. 나는 과묵한 편에 부끄러움도 많고 낯가림도 심하다. 그런 내가 그 많은 사람들을 만나서 첫 만남에 깔깔대며 웃고 조잘조잘 쉴 틈 없이 이야기를 했다는 것이, 불과 한 달 전의 나의 모습과는 너무 다르다. 스스로조차 "내가 이렇게까지 사람을 좋아했었나?" 싶을 정도로 말이다.

심적으로 여유가 생기니 사람을 좋아할 여유도 생겼다. 나는 원래 과묵한 것이 아니라, 항상 눈치를 보며 입을 조심하고 말을 아꼈던 것이었음을 이제야 깨달았다.

이렇게, 나는 잃어버렸던 하나의 내 모습을 또 다시 되찾았다. 언젠가, 나도 모르게 잃어버렸던 "나"라는 사람의 조각을 이제야 겨우 찾아내서 하나하나 퍼즐을 맞춰가는 기분이다. 내가 여태까지 얼마나 많은 나를 잃어버리고 잊어버리며 살아왔는지 가늠이 가질 않는다. 그러나 불확실한 것들 중 유일하게 분명한 것은, 앞으로 나는 나를 잃어버리지 않도록 나를 지킬 것이고, 잃어버렸던 나 자신을 되찾아 나라는 사람의 퍼즐을 모두 맞추도록 끊임없이 노력할 거라는 것이다. 그게 얼마나 걸리든 간에 말이다.

# 여행을 떠나는 이유

내가 여행을 떠나는 이유는, 단지 여행하며 그 순간 행복을 느끼기 위해 떠나는 게 아니다. 순간을 행복해하기 위함도 없잖아 있지만, 더 정확한 이유는 내가 삶을 살아가면서 힘들 때마다 꺼내어보기 위한 "삶의 원동력"을 만들기 위해서다. 많은 사람들이 여행 속에서 즐거움을 찾지만 나는 무채색이던 내 삶을 찬란한 색으로 색칠하기 위해서 여행을 떠났다. 처음 여행의 의미와 목적은 단지 현실도피와 삶의 이유를 찾기 위해서였으나, 그 곳에서 보내는 시간이 늘어날수록 "나를 찾기 위한 여행"이라는 목적도 생겨났다.

2019년도 9월 달, 마음이 지쳐있었던 나는 학교를 무단결석하고 도망치듯 급하게 혼자 러시아로 떠났다. 그렇게 급하게 떠난 고작 2박 3일짜리 러시아 여행은 그 이후에 내가 힘들고 죽고 싶다는 생각이 들 때마다 떠올라 내 머리를 가득 채웠다. 세상에는 아름다운 것들이 참 많다고, 그 짧은 시간 동안 나 정말 행복했다고. 그렇게, 그 날의 추억들이 나를 죽지 않고 꾸준히 살아가게 만들었다. 나도 행복할 수 있는 사람이라고, 세상을 떠나면 또 다시 행복해질 수 있을 거라는 그런 희망을 가진 채로 말이다. 그러다 2박 3일짜리 추억이 내가 너무 많이 꺼내어본 탓에 닳아 없어지려 할 때, 러시아에서의 추억으로는 더 이상 내 삶을 잡아둘 수 없을 때 즈음 나는 다시 나를 살아가게 만들 삶의 원동력을 찾기로 결심했다. 그 결심의 이유가 바로 이탈리아였다. 3일의 추억이 나를 근 네 달을 죽지 않고 살아가게 했다면 한 달의 추억은 나를 얼마나 열심히 살아가게 만들어 줄까 하는 기대가 잔뜩이었다.

나는 3월 1일 낮 세 시에 한국으로 귀국했다.

나에게는 추억을 그리워 할 여유가 필요하다. 원래는 이탈리아
만이 아닌 유럽 곳곳을 여행을 하려 했으나, 나는 한 곳을 오래
기억하고 싶었다. 그래서 다른 나라를 포기한 것에 대해서 아쉬
움이 남아있지만 나는 아직 젊고, 시간은 많으니 (사실 내가 언
제까지 삶을 붙잡고 있을지는 잘 모르겠다.) 아쉬워하지 말자고
스스로 다짐하는 중이다. 이탈리아의 여운에 흠뻑 취한 채 살아
야지. 죽고 싶다는 생각조차 들지 않게 열심히 그리워하고, 또
열심히 살아야지. 삶은 스스로의 의지로 버텨내는 것이라지만,
나는 그럴 의지가 강하지 않은 나약한 사람이기 때문에 이탈리
아에게 책임을 전가하려 한다.

이탈리아야, 나를 오래 살게 만들어줘. 너무 빨리 사라지진 마.

## 짙게 묻어버린 여운

그저 긴 꿈을 꾸고 일어난 기분이다.
내가 상상한 것보다 더 짙은 그리움들. 내가 상상한 것보다 더
선명한 순간들. 내가 상상한 것보다 더 보고 싶은 인연들.
내가 사랑한 순간들과 내가 사랑한 인연들을 떠올리면 밤을 꼬
박 새고도 남는다. 그만큼 내겐 무수히 소중한 것들이 곁에 함
께 한다. 그것들을 떠올리기만 해도 행복하다.

당분간은 악몽을 꾸지 않을 것만 같다.

# 내가 여행을 하며 느낀 점

타인의 가치관을 존중할 것
일단 부딪혀보고 판단할 것
해보지 않고서는 함부로 왈가왈부하지 말 것
단면만 보고 타인의 삶을 판단하지 말 것
후회 되는 선택에서도 반드시 배울 점은 있다는 것
도전과 모험을 두려워하지 말 것
때때로는 욕심을 부려도 괜찮다는 것
나를 위해서라면 가끔은 이기적이어도 된다는 것
타인과 나를 비교하지 말 것
여행의 의미는 모두가 다르다는 것
사람에게 경계심은 갖되, 두려워하지 않을 것
소중한 순간은 반드시 기록해둘 것

# 10

{ **Who gave you life-changing advice?** }

내 인생을 바꿀 만한 영감을 준 사람이 있다면?

20 20 누구라 꼬집어 말 할 수 없다.
이탈리아에서 만난 사람들이 모여 내 인생을
바꾸어 주었다. 그럴기에 더더욱 이탈리아는
내게 소중한 곳이다.

20

## 일상이라고 불릴 만큼 사소했던 것들

로마의 어느 카페에 앉아 멍하니, 흘러가는 시간도 모른 채 창 밖을 바라보던 순간, 핀초 언덕에 올라가 하염없이 노을 속을 유영하던 순간, 피렌체에서 매일 먹었던 레몬 맛 젤라또, 길을 거닐다 다리가 아플 때 즈음에 항상 앉아서 쉬어가던 Trinita 다리, 피렌체에서 머물 때 숙소 앞 꽃집의 주인과 항상 유리창 너머로 서로 눈인사를 건네며 시작했던 하루, 그저 스쳐지나간 사람들과 나를 기억해주던 사람들 모두.

이토록, 시간이 지나면 오히려 사소한 것들이 나의 기억을 차지 하고 있다. 그 때는 그저 일상이라고 불릴 만큼 사소했던 것들 이, 시간이 지나면 그렇게나 그립다.

# 내가 사랑한 나의 이탈리아

한국에 도착한 나는 얼마 전에 밝은 머리를 어두운 색으로 바꿨다. 그러다 오늘 문득, 내가 로마에 도착한지 이틀째 되는 날에 길을 걷고 있던 나에게 웃으며 머리가 참 예쁘다고 말해준 중년 여성이 떠올랐다.

내가 이탈리아를 사랑한 수많은 이유 중 하나는 바로 많은 이들의 스스럼없이 말을 걸고 다정하게 대해주던 사근사근했던 모습이었다. 지나가다 눈만 마주쳐도 모두가 웃으며 인사를 건네고, 칭찬을 건네는 그런 모습들을 나는 사랑했다.

피렌체에서 머물던 여느 날, 나는 길을 걷던 도중에 내가 입고 있는 자켓의 실밥이 삐져나온 것을 발견했다. 근데 아무리 손으로 뜯어도 뜯어지질 않았다. 나는 이런 것이 한 번 거슬리면 자꾸만 신경 쓰이는 성격이라 어떻게든 잘라내고 싶었다. 그 때, 내 옆에 담배를 피우고 계시던 할머니 세 분께 죄송하지만 혹시 라이터를 빌려주실 수 있냐고 정중하게 물었다. 한 할머니가 활짝 웃으며 라이터를 빌려주셨고, 내가 다시 돌려드릴 때, 나에게 'Bella!(미인이네!)', 'So beautiful!(아름답구나!)'라고 말씀하셨다. 'Grazie mille.(감사해요.)' 나는 쑥스럽게 웃으며 자리를 떠났는데, 내가 떠나고 난 후에도 세 분이서 내가 예쁘다는 대화를 나누는 게 들렸다.

나는 이탈리아에서 지내며 매일이 행복했다. 모두가 친절했고, 나이와 남녀에 상관없이 칭찬을 듣지 않은 날이 없었던 것 같다. 처음 보는 사이에도 살갑게 인사를 건네고 칭찬하고 이야기를 나누는 그 나라의 문화가 부러웠다. 그렇기에 더더욱 그립다. 지금은 사람들이 이탈리아를 바라보는 시선이 좋지 않지만, 적어도 나에게는 너무 너무 소중한 곳이다. 한국에 온 이후로 단 한 번도 이탈리아를 생각하지 않은 적이 없었지만, 오늘따라, 오늘따라 나를 사랑해주던 그 많은 사람들이 유독 보고 싶다. 잘 지내고 있을까 궁금하기도.

# 상처를 고스란히 받고만 있던 어린 아이

이탈리아 사진을 구경하다가 이 사진 두 개를 발견했다. 이때는 학교를 다닐 때다. 학교를 무단으로 빠지고 뜬금없이 러시아 블라디보스톡으로 떠난 작년 2019년 9월 18살의 나. 나는 힘이 들 때면 겁 없이 평소에 가고 싶었던 곳으로 혼자 훌쩍 여행을 떠나곤 했다. 작년이나 지금이나, 겁이 없는 건 여전하다. 하지만 그렇기 때문에 무너져도 결코 삶을 놓아버리진 않는 거겠지.

나 아주 아주 어릴 때는 늘 상처를 고스란히 받고만 있었는데, 그렇게 어리고 여리던 아이가 이젠 스스로를 달래주는 방법을 안다. 시간이 쌓일수록 나의 내면은 끊임없이 성장하고 있다.
생각이란 마치 밑과 끝이 없는 길 같아서, 끊임없이 깊어지고 나아갈 수 있다. 그리고 마음이란, 무엇이든 담을 수 있는 공간이다. 무엇이든 담을 수 있다는 것은, 할 수만 있다면 무엇이든 뺄 수도 있다는 것이다. 어릴 때는 아픈 것들을 빼내는 방법을 몰랐지만, 이제는 좋은 것만 내 마음 안에 넣고 나쁜 것은 빼낼 수 있게 됐다.

그렇게 나는 끊임없이 성장하고 있다.

# 사랑하는 언니에게,

언니,
이탈리아를 여행할 때 언니 생각이 많이 났어. 그 곳에는 아름다운 게 참 많더라. 나는 하늘이 이렇게나 푸른색일 수가 있다는 것과 무언가를 더 하지 않아도 노을이 이렇게나 선명하게 붉은 색을 띨 수도 있다는 것을 그 곳에서 처음 알았어. 그리고 그 곳에서 나는 한 번도 얼굴에 우울함이 묻어있는 이를 본 적이 없어. 물론 관광객이 가득한 곳이라 그런 걸 수도 있겠지만 말이야. 적어도 내가 거닐었던 모든 도시, 모든 거리의 사람들은 틀림없이 행복해보였어. 덕분에 나도 우울할 틈이 없었지. 그 곳에 가면 말이야 언니, 신기하게도 자꾸 웃음이 나와. 살랑살랑 뺨을 스치는 바람을 맞으며 길거리에 가만히 앉아있기만 해도 기분이 좋단 말이야 이상하게. 이어폰을 꽂고 내가 좋아하는 노래를 들으며 거리를 거닐고, 스쳐지나가는 사람들과 웃으며 인사를 하는 그 순간은 정말이지, 행복해서 눈물이 날 것만 같아. 한 손에는 조각 피자를 들고 한 손에는 맥주를 들고서 노을을 보던 그 순간도 나는 너무 사랑해. 이탈리아에서의 행복했던 순간들을 나열하자면 밤을 꼬박 새도 시간이 모자를 거야.

언니, 그 곳은 말도 안 될 만큼 평화롭고 여유로워. 다정하고 따뜻해. 그런 곳에, 숨을 쉬는 모든 순간이 사랑스러웠던 내가 사랑한 이탈리아에 언니를 데려가고 싶어. 언니도 분명 좋아할 거야. 언젠가 자유롭게 여행을 다녀도 괜찮을 때가 다시 온다면, 그 때는 꼭 언니를 데리고 갈 거야.

사랑해.

# 30대와 나눈 대화들

내가 만약, 학교를 그만 두고 난 뒤 좋아하는 것을 찾지 못 한 채 이도 저도 아니게 시간과 함께 어영부영 흘러갔다면, 그렇게 나이가 들어 뒤를 돌아보았을 때. 그 때 가장 후회할 것만 같은 점은 아마 기회가 있을 때 여행을 떠나지 않은 것과 한 살이라 도 어릴 때 여행을 떠나지 않았다는 것이 아닐까 싶다.

피렌체의 한 호스텔에서 지내던 여느 날에.
늦은 저녁 식사를 하기 위해 밍기적밍기적 지하에 있는 작은 주방으로 내려갔다. 냄비와 인덕션이 없어서 신라면 봉지 안에 스프와 후레이크를 넣고 물을 붓고는 식탁에 앉아 기다리던 참 이었다. 그 때 내 옆자리에 샐러드와 와인을 먹던 한 여자가 내 가 신라면을 먹는 걸 보고선 나에게 한국인이냐며 말을 걸었다. 그녀도 한국인이었다. 우리는 금새 친해졌다. 여행지에서 만난 사람과는 대부분 여행에 관한 이야기로 말문을 튼다. 그리고는 자주, 자신이 살아온 인생에 대해서도 이야기를 나누곤 한다. 가끔은 어두운 부분까지도. 아마 오늘 보고 말 사람이라는 생각 덕분에 그렇지 않을까 싶다. 나 역시 그런 생각으로 친구들에게 도 하지 않았던 이야기를 처음 보는 사람들에게 했으니까.
그녀는 올해 서른네 살, 퇴사 기념으로 혼자 여행을 떠나왔다고 했다. 서른네 살인 자기는 혼자 여행 오는 게 너무 무서웠는데, 열아홉 혼자 여행을 떠나온 내가 멋있다고 했다. 그리고는 '나도 너처럼 좀 더 일찍 세상을 떠나볼 걸. 세상에 멋있고 예 쁜 게 얼마나 많은데. 일 같은 거에 스트레스 받아가며 목매지 말고, 나도 너처럼 일찍 세상을 둘러볼 걸.' 그녀는 어딘가 쓸 쓸한 표정으로 내가 부럽다고 말했다.

저녁 식사라기에는 조출했던 신라면을 다 먹고, 짧았던 30분의 대화를 간직하며 우리는 각자의 방으로 돌아가 침대에 누웠다. 그녀와 아까 나누었던 대화들을 고스란히, 연신 곱씹었다. 그 날따라 쉽게 잠에 들지 못 했었다.

그리고 언젠가, 내가 피렌체에서 만난 서른세 살 삼촌은 나에게 그런 말을 한 적이 있다. '살짝 꼰대 같을 수도 있는데 나는 열아홉에 정말 공부만 했거든. 남들이 알아주는 대학교 들어갔는데 시간 지나서 졸업하고 20대도 중반을 넘어서고 직장 얻고 바쁘게 살아가다 보니까, 와 진짜 죽겠더라. 아니지, 일 하며 살 때는 죽겠다는 생각도 안 들었어. 남들 살아가는 대로 그렇게 사는 게 당연한 건 줄 알았지. 근데 겨우 시간 내서 여행을 떠나오니까 그 때 느껴지더라고. 와, 나 진짜 죽도록 일만 했구나. 여행이 삶의 질을 높여준다는 걸, 여행하는 삶이 얼마나 행복한 건지 너는 어릴 때 깨달아서 부럽다. 나는 너무 늦게 깨달았거든. 내가 만약 지금 너 나이로 돌아간다면 공부 같은 거 다 때려치우고 돈 벌어서 여행 갔을 거야. 네가 부럽다.' 서른세 살 삼촌과 다리를 거닐며 나눈 그 긴 이야기를, 숙소에 돌아오자마자 일기장에 써두었다. 잊지 않으려고.

가끔 "내가 잘 살고 있는 걸까" 싶을 때마다, 나는 여행지에서 만난 사람들과의 대화를 떠올린다. 그 대화들을 떠올리면, 지금의 나는 불안정하지만 먼 훗날의 나는 아마 지금의 나를 대견하다고 생각할 것 같다. 현재의 나는 적어도 나는 내가 좋아하는 일을 하고 있고, 내가 원하는 방향으로 걸어가고 있고, 나만의 방식으로 세상을 사랑하고 있으니까.

# 달콤한 꿈은 반드시 꿈에서 그쳐야만 한다

각자의 이유가 있다. 여행을 떠나는 데에는.

단순히 재미를 위해 여행을 떠나는 사람이 있는 반면에, 현실로부터 도망치고자 여행을 떠나는 사람도 있다. 개인적으로 나는 후자다. 그간 힘들었다. 누군가 뭐가 그렇게 힘들었느냐고 물으면 명확하게 대답할 순 없으나, 단 하나 확실한 것, 분명 나는 아팠다. 그 아픔이 시간이 지난 지금조차도 여전히 생생하고 선명하다. 선명하다 못 해 날카롭다. 그 아픔은 나를 자주 죽였다. 자주 생각하곤 했다. 차라리 철새마냥 이리 저리 허공에 스치우는 바람이고 싶다고. 그저 아무 것도 아니고 싶다고.

나의 주위는 자꾸만 나를 깎아내리려 애를 쓰는 것들이 가득했다. 안간힘을 쓰고 또 애를 쓰며, 그렇게 내가 행복해지지 못하게끔 만들곤 했다. 일상이었다. 내가 조금이라도 행복해지려 하면 나를 잡고 바닥으로 내동댕이 쳐버리는 것들에게 익숙해져버렸다. 나중에는 아프지도 않더라. 이곳은 나에게 그렇다. 나를 불행하게 만드는 것들이 가득하다. 나를 살아가게 만드는 희망 같은 몇 몇 사람들을 제외하고는, 정말 지옥 같은 곳이다. 숨 쉬는 것조차 버거워 팔은 자주 붉은 색으로 물들곤 하니까. 그냥 죽었으면 좋겠다고 자주 생각하니까.

그래서 도망치듯 떠났던 이탈리아에서의 32일은, 필히 내 "인생"을 바꿔 놓았다고 생각했다. 그러나 아니었다. 현실로 돌아오자마자 정말 악몽에서 깨어나듯 머리가 지끈지끈했다. 이탈리아는 단지 내가 현실을 외면할 수 있던 최고의 유토피아, 최고의 도피처였을 뿐, 인생을 바꾸어주진 않았다. 이탈리아에서 행복할 수 있는 방법을 깨우쳤다고 해서, 한국에서도 그럴 수 있다는 건 아니었다. 그래. 맞다. 나는 애초에 행복할 수 있는 방법을 찾아 나선 게 아니라 현실도피를 위해 여행을 떠난 거였지. 현실도피를 위해 떠난 여행에서는 당연히 행복하겠지. 그제서야 현실을 자각했다. 달콤한 꿈은 반드시 꿈에서 그쳐야만 한다. 그렇지 않으면, 꿈에서 깨어난 후 마음이 허전해 미칠 것 같으니까. 그래. 순간의 행복으로 인해 평생을 착각할 뻔 했다. 내가 가장 증오하는 것이다. 내가 행복한 사람이라고 착각하는 것. 나는 "행복한 사람"이 아니라, "때때로 행복을 느낄 수도 있는 사람"이 맞다.

그러나 나는 너무 바보 같고 나약한 사람이라, 우습게도 또 마음 한구석에 기대를 키워놓는다. 다시 여행을 떠난다면 다시 괜찮아질 수도 있지 있을까. 다시 그 때만큼의 달콤한 꿈을 또 꿀 수 있지 있을까. 이곳만 아니라면 나는 무조건적으로 행복할 수 있을 것만 같다.

나에게 여행이란 결코 단순한 것이 아니다. 장담하건대, 그 누구도 나를 모르는 곳으로 떠나는 것은 나를 살아가게 만드는 것들 중 가장 큰 비중을 차지한다. 지금도 나는 이탈리아에서 지낸 기억들로 꾸역꾸역 살아가고 있으니까.

언젠가 다시 달콤한 꿈을 꿀 수 있는 기회가 온다면, 그 꿈속에서 그만 삶을 끝내야겠다.

*a short episode*

# 1

## *팔찌 파는 남자의 친절*

유럽에는 소위 "팔찌강매단"이라고 불리는 무리가 있다. 그들은 팔에 팔찌를 가득 찬 채 사람들에게 다가가 친근하게 군다. 말을 걸며 악수를 건넨다거나, 하이파이브를 하는 등 손이 맞닿게끔 행동한다. 그렇게 손이 맞닿으면 어느새 상대에 손목에 팔찌를 채우고, 돈을 요구한다. 혹은 너에게 잘 어울릴 것 같다며 팔찌를 채워주고는 밑도 끝도 없이 돈을 요구하는 경우도 있고, 처음부터 '이 팔찌 살래?'라고 묻는 경우도 있다. 그들이 파는 팔찌는 보통 1유로에서 6유로 정도다. 팔찌를 사는 사람도 있지만, 사고 싶지 않다면 팔찌를 다시 돌려주면 끝이다. 그냥 가는 사람도 있지만, 사라고 강요하거나 욕을 하며 가버리는 경우가 많다.

내가 처음 로마에 온지 이틀 째 되는 날, 팔찌를 팔에 가득 채운 채 광장 근처를 어슬렁거리는 팔찌 강매단 무리를 나도 본 적이 있다. (이곳 사람들은 눈이 마주치면 웃어주거나, 인사를 건네거나, 말을 걸기도 한다. 첫 날에는 그런 것이 익숙하지 않았지만 이틀째에 나는 바로 적응해버렸다. 그렇게 가벼운 인사를 시작으로 대화를 나누게 된 사람들도 많았다.)

그는 어슬렁어슬렁 내게 걸어오며 굉장히 반갑게 악수를 청했다. 음…. 악수를 받아야 하나 말아야 하나. 안 산다고 하면 그만이지 뭐, 그런 생각으로 결국 악수를 했다. 그는 한국인이냐고 물으며 팔에 팔찌를 채워주었다. '맞아, 근데 나 돈 없어.' 나의 말에 그는 전혀 예상치 못 한 대답으로 나를 당황스럽게 만들었다. 'Money? I don't need money! I love Korea. Just take it.(돈? 돈 필요 없어. 나 한국 좋아하거든. 그냥 가져가.)' 그리고는 '네 부모님께 드려.'라며 팔찌 하나와 빨간 거북이 모형을 내 손에 쥐여 주었다. 거북은 장수, 재물, 복운을 상징한다는 말도 덧붙이면서. 이런 경우는 처음 본다. 고맙다고 말하니 주먹을 맞대달라는 제스쳐를 취했다. 그의 주먹에 내 주먹을 맞대니 그는 활짝 웃으며 잘 가라고 인사를 건넸다. 돈 안 받는다고 보내놓고 다시 돈을 달라고 잡아 세운다는 경우도 들어서 조심스레 뒤를 돌았다. 그는 정말로 나를 그대로 보냈다. 가다가 슬쩍 뒤를 돌아보니 그가 멀리서 크게 손을 흔들어 주었다.

그리고 다시 로마에 온 날, 그를 또 보았다. 마주친 건 아니고, 동행을 기다리다가 멀리서 한국인 두 명에게 말을 걸고 있는 그를 발견했다. 근데 그 때와는 다르게, 다른 이들과 별반 다를 것 없이 돈을 요구하고 있었다. 몇 주가 지났지만 그의 얼굴과 체격을 기억한다. 분명 그가 맞는데, 뭐지? 그 때 나에게는 굉장히 친절했는데. 그의 모습을 더 지켜볼 새 없이 만나기로 했던 동행이 와버려서 아는 척도 하지 못 했다.

그는 왜 나에게 친절했던 걸까?

# 2
## *덩치에 맞지 않게 귀여웠던*

내가 피렌체에서 머물던 숙소는 혼성 호스텔이었다.

어느 날, 스페인 남자 두 명이 새로 들어왔다. 그 날 저녁, 나는 2층 침대에 누워 있다가 담배를 피우러 나갔다. 나가고 얼마 지나지 않아 스페인 남자 한 명도 나와 담배를 피웠다. 개의치 않고 휴대폰을 하는데, 그가 말을 걸었다.

사실 그의 첫인상은 어딘가 조금 강압적이었다. 적어도 185는 되어 보이는 키에, 덩치가 엄청나게 컸다. 게다가 목소리도 굉장히 낮았다. 그는 짧게 인사를 건네고는 우물쭈물하다가 휴대폰을 꺼내 들었다. 그리고는 휴대폰을 보여주었다. 그의 휴대폰 화면에는 영어로 '나는 스페인 사람이야. 너는 어디서 왔어?'라고 쓰여 있었다. 나랑 말하고 싶어서 옆에서 그렇게 꼬물꼬물거리고 있었구나. 너무 귀여운 그의 행동에 나는 웃음을 빵 터뜨리며 'Korea'라고 말했다. 그건 알아들은 모양이다. 그와 담배를 피우는 3-4분 남짓한 시간 동안 우리는 번역기로 대화를 나누었다. 그는 친구와 함께 유럽 여행 중이었고, 나이는 23살이었다. 이름은 Even. 네가 간 곳 중 어느 곳이 가장 예뻤냐고 물으니, 그는 그리스의 아테네 신전이라고 말했다. 고민도 없이. 그 곳은 경이롭고 웅장하면서도 아름답다는 말도 덧붙이면서.

나도 그리스에 언젠가 한 번은 꼭 가보고 싶었다. 그리스의 아테네 신전에 가는 날, Even이 떠오르겠지? 예상치 못 하게 대화를 나누게 되는 이러한 사소한 인연이 좋다.

다음 날 아침, 모자를 쓴 게 나은지 안 쓴 게 나은지 물어보던 너의 귀여운 모습도 내 기억 속에 오래 남을 거야.

반가웠어, Even!

# 3
## 스물아홉과 열아홉

10대가 혼자 유럽 여행 가는 경우는 별로 없다보니, 이곳에서 만나는 대부분의 사람들은 대개 나를 20대 초중반 정도로 보곤 한다. 피렌체에서 스물다섯 살 한 명, 서른한 살 두 명 그렇게 총 세 명의 동행을 만난 적이 있었다. 서른한 살 두 명과는 기약이 없었다. 스물다섯 살 동행과는 낮에 같이 피렌체를 산책하기로 해서 오후 세 시 쯤 만나 피렌체를 거닐며 이런 저런 이야기를 나누었다. 그러던 도중, '혹시 나랑 친한 형들이랑 이따가 같이 저녁 먹지 않을래요?'라고 물었다. '원래 형들이랑 만나기로 한 약속인데 제가 껴도 괜찮을까요?' 걱정스레 물어보니 그 형들도 나를 마음에 들어 할 것 같다고 이야기했다.

저녁 일곱 시 쯤 그의 친한 형들을 만나러 가던 도중 그가 '형이 몇 살이냐고 물어보면 스물아홉 살이라고 말 해봐요.'라고 했다. 그의 친한 형들을 놀릴 생각에 우리는 키득키득 웃으며 어느새 만나기로 한 장소에 도착했다.

서로의 이름을 묻고 나이를 물었다. 그를 처음 봤을 때, 스물넷, 스물다섯 살일 줄 알았는데 서른한 살이라는 말에 깜짝 놀랐다. 다른 사람들이 내 나이를 들었을 때 이런 마음인가. 엄청 동안이라니까 그런 말 많이 듣는다며 그가 호탕하게 웃었다. 나윤씨는 몇 살이에요?' '저 스물아홉 살이에요!' 나의 대답을 들은 그의 얼굴에는 "??엥?"이라고 적혀있는 듯 했다. 의심스러운 표정으로 '어…? 그래요? 나랑 두 살 차이네~'라고 말하곤 나를 유심히 보더니 되게 동안이라고 말했다. 나는 능청스럽게 '저도 동안이라는 소리 많이 들어요.'라고 덧붙여 말했다. 그가 너무 애기 같다고 진짜냐고 물었다. 진짜라고 대답하니 그렇게 동안인 비결이 뭐냐고 물었다. 그 순간 스물다섯 살 오빠와 눈이 마주쳤는데, 결국 둘 다 웃음이 터져버렸다.

사실 열아홉 살이라고 말했더니 그에게는 이 말이 더 충격이었는지 아까보다 더 화들짝 놀란 그의 얼굴에는 충격과 당황스러움이 한 가득이었다. '엥?? 네???!!' 스물아홉 살이라고 하면 믿을지 안 믿을지 궁금해서 장난 쳐봤다고 실토하니 '아니 어쩐지 스물아홉이라는데 그러기엔 너무 애기 같아서 장난치는 건가? 했는데…, 진짜 열아홉이라는 게 더 충격이네요.'라며 횡설수설 놀람을 늘어놓았다.

열아홉이라고 말하면 대부분 똑같은 질문을 하곤 한다. **1.부모님이 혼자 여행 허락해주셨어요? 2.경비 어떻게 모았어요? 3.안 무서워요? 4.어떻게 혼자 올 생각을 했어요?** 어김없이 그도 네 개의 질문을 했다. 그와 함께 이런 저런 이야기를 나누는 도중 문득 다른 한 사람이 보이질 않았다. 두 명이라고 들었는데 다른 한 분은 어디 있느냐고 물었다. 그는 바로 앞에 있는 젤라또 가게에 있었다. '쟤 오면 쟤한테도 한 번 스물아홉이라 해봐요. 쟤 멍청해서 의심도 안 하고 그냥 바로 믿을 것 같은데. 아 반응 궁금하다.' '형, 난 19살이라고 말했을 때 반응이 더 궁금해요.' 그리고 오 분 후, 그가 한 손에는 젤라또를 들고 한 손으로는 악수를 건네며 인사 했다. '아~ 재원이가 말한 친구인가 보네요. 반가워요!' 그에게도 역시 스물아홉이라며 나를 소개했다. 그러자 그는 '어우 진짜요? 되게 동안이시네. 애기같이 생겼어요.'라고 대답했다. 웃음이 터질 뻔 한 걸 겨우 참았다. 나중에야 말해주었더니 '아~열아홉…, 네? 열아홉이라고요?' 그도 화들짝 놀랐다. '형, 왜 스물아홉이라는데 의심도 안 했어요?' '너 진짜 멍청이구나.' 오빠와 삼촌이 그를 마구 놀려댔다. 그는 사실 속으로 스물아홉치곤 너무 젊게 생겼다고 의심했다고 말했지만 아무도 그의 말을 믿지 않았다….

# 4

## *내 모자가 탐났던 광대*

로마에서의 이튿날, 이김없이 여기 저기 거리를 방황하던 도중 판테온을 지나치게 되었다. 옛날 "메이플스토리"라는 게임을 자주 했었는데, 그 게임 속에서 종종 판테온을 갔었다. 실제로 마주한 판테온은 굉장히 웅장했고, 경이롭다는 생각이 들었다. 발전하지도 않은 그 시대에 어떻게 이런 건축물을 지었을까. 새삼 그 시대의 사람들이 대단하게 느껴졌다. 그렇게 그 앞을 거닐며 구경하는데 갑자기 내 머리에 뭐가 벗겨졌다가 다시 씌워진 기분이 들어 머리를 매만졌다. 엥? 내 모자가 아니다! 내가 오늘 쓴 모자는 분명 헌팅캡이었는데 지금 내 손에 만져지는 것은 페도라다. 주위를 둘러보니 저 멀리 멋들어지게 정장을 입고 얼굴에는 광대 분장을 한 남자가 내 모자를 손에 들고 웃으며 나를 쳐다보고 있었다. 웃으며 그에게 다가가니 그는 장난스레 웃으며 도망치려는 시늉을 했다.

결국 그에게 모자를 돌려받고는 함께 사진을 찍었다. 사진을 찍으려다 실수로 동영상이 찍혔는데, 그의 귀여움이 동영상에 한껏 담겨있다. 귀여운 사람.

# 5

## 잊지 못 할 하룻밤의 우정

피렌체에 도착한 첫 날, 너무 피곤한 나머지 조금만 둘러보고 바로 숙소로 향했다. 호스텔의 거실에 앉아 휴대폰을 하던 도중 내 앞을 지나가던 커플이 나에게 다가왔다. 남자의 첫인상은 굉장히 강렬했다. 길게 레게 머리를 하고 얼굴에는 타투가 가득했다. 그와 그녀는 나에게 친근하게 어디서 왔느냐며 말을 걸었다. 한국에서 왔다 하니 그녀는 활짝 화색을 지으며 케이팝을 좋아한다고 말했다. 그녀의 이름은 Olivia, 그는 Nick이었다. 이런 저런 이야기를 나누다 그가 같이 술 마시자는 이야기를 꺼냈다. 거절할 이유가 없던 나는 바로 'That sounds good.(그거 진짜 좋은 생각이네.)'를 외치며 일어났다. 그 둘의 친화력은 얼마나 대단한지, 순식간에 어디선가 체코인 여자 한 명과 영국인 남자 두 명을 더 데려왔다. 올리비아와 닉은 미국인이었다. 다 같이 숙소 근처 술집에 가 맥주를 마셨다. 정신이 약간 피곤한 상태에서 신나게 맥주를 마시니 금방 알딸딸해졌다. 바람 쐴 겸 잠시 나왔는데 뒤이어 닉과 체코인 베로니카도 나왔다. 둘이 담배를 말아 피우는데 처음 본 그 모습이 무척이나 신기했다. 그들과 대화를 나누며 유럽은 담뱃값이 비싸서 사서 피우는 것보다 말아 피우는 게 더 싸서 말아 피우는 사람이 많다는 걸 처음 알았다. 시간 가는 줄도 모른 채 여행과 서로에 대한 이야기를 나누었다. 먼저 다가와준 그들 덕에 생겨난 또 하나의 소중한 추억들. 지금 생각해보면 사진이라도 같이 한 장 찍을 걸 그랬다. 사진으로 남겨두지 못 한 게 너무 아쉽다.

# 6

## 타국에서 내가 좋아하는 유튜버를 만날 확률

이탈리아에서 지내는 마지막 날, 그리고 내가 사랑하는 로마에서의 마지막 날. 시간이 참 빠르게 흐른다. 아쉽다. 아쉬움은 잠시 뒤로 미뤄두고, 마지막 날을 실컷 즐기자! 부랴부랴 준비를 마쳤다. 숙소를 나서려는데, 리셉션에 한국인 세 명이 있었다. 내가 머물던 로마의 호스텔에는 한국인이 꽤 있는 편이었다. 그들을 바라보며 "오늘 로마에 오셨나? 부럽다. 나도 다시 이 숙소에 처음 오던 날로 돌아가고 싶다."라고 생각했다. 그들을 지나치던 찰나에 굉장히 익숙한 얼굴이 보였다. 내가 여기서 익숙한 사람을 만날 리가 없는데…? 왜 이렇게 얼굴이 익숙하지? 누구지? 고민하던 찰나 생각이 났다. 그는 내가 종종 보던 유명한 먹방 유튜버 "바다곰조해웅"이었다. 고민하다가 조심스레 그에게 말을 건넸다. '혹시… 유튜브 하시는 분 아니세요?' 대박. 그가 맞았다. 같이 사진 찍어주실 수 있는지 양해를 구한 뒤 같이 사진을 찍곤 가볍게 인사를 나누고 숙소를 나섰다. 참 신기한 우연이고 인연이다. 내가 한국에서 종종 즐겨보던 유튜버가 나랑 같은 시기에 로마로 여행을 오고, 심지어 같은 숙소라니. 게다가 그가 숙소에 도착한 시간에 내가 숙소를 나서려던 그 타이밍마저 신기했다. 이후 동행과 만나 트레비분수에서 사진을 찍으며 놀던 도중 누가 내 어깨를 톡톡 치며 '안녕하세요.' 인사를 건넸다. 너무 놀라서 획 고개를 돌려보니 뒤에는 해웅씨가 있었다. 숙소에서 준비를 마치고 나오신 모양이다. '아니 이 사람 많은 데에서 저 어떻게 알아보신 거예요.'하며 웃었다. 짧은 이야기를 나누고는 여행 재밌게 하라는 말을 마지막으로 헤어졌다. 참 곱씹을수록 신기한 인연이다. 한국에 돌아와 해웅씨에게 해웅씨 이야기와 같이 찍은 사진을 책에 넣어도 될지 양해를 구하려 메시지를 보냈다. 흔쾌히 허락해주셨다. :)

# 7
## 베네치아에서 생긴 일

베네치아에 도착해 기차역을 나섰다. 나는 마블 영화를 굉장히 좋아하는데, 마블 영화 중 스파이더맨을 재밌게 봤다. 그런 스파이더맨의 배경지인 베네치아에 왔다는 사실 그것만으로도 나는 베네치아를 둘러보기도 전부터 설렘에 가득 차있었다. 하늘은 파랗고, 햇빛은 쨍쨍하던 그 날 설렘이 아직도 여전하다. 햇빛이 반사 되어 반짝이던 물결과 그 물결이 넘실넘실 일렁이는 이 모습은 절대 잊을 수가 없을 것 같다며 감성에 젖던 그 순간, 굉장히 펑키한 옷차림의 여자가 나에게 다가와 사진 한 장만 찍어달라는 듯 손가락 하나를 펴 보이며 휴대폰을 건네었다. 흔쾌히 사진을 찍어주려는데 그 순간 그녀가 외쳤다. 'No. not me. you!(아니, 나 말고 너.)' 'My picture?(내 사진?)'이라고 물으니 그렇다고 말했다. 왜냐고 물으려는 찰나 그녀는 속사포처럼 한국인을 좋아한다고, 내가 너무 자기 스타일이라고, 특히 내 눈 화장이 너무 마음에 든다고 말했다. 그리고는 '너 렌즈 낀 거지? 렌즈 색 너무 예쁘다. 한국에서만 파는 거야? 부럽다. 동양인이 회색 렌즈 낀 거 처음 보는데 너무 예쁘다.'라고 말하며 사진 한 번만 찍어주면 안 되냐고 부탁했다. '안 될 건 없지~'라고 대답하곤 눈만 사진을 찍었다. 그러자 그녀는 굉장히 기뻐하면서 여행 재밌게 하라며 손을 흔들어주었다. 보통이면 뭐지? 싶을 상황이었으나 말하는 내내 들뜬 그녀의 제스쳐와 높아진 목소리, 얼굴까지 빨개지며 입이 귀에 걸릴 듯 환히 웃던 그녀의 표정이 정말 순수한 의도임을 나에게 비춰주고 있었다. 혹시나 좋지 못 한 의도였다 해도, 어쨌거나 나는 그녀 덕분에 베네치아에 도착하자마자 기분이 좋았으니 됐다.

# Epilogue

# 이탈리아 Q&A

(인스타 "무엇이든 물어보세요"를 통해 받은 질문들입니다.)


(1) Q: 이탈리아 여행하면서 생각났던 사람이 있나요?

A: 아무래도 가족들과 친구들이 많이 생각났죠. 그리고 일주일 전에 이야기를 나눈 사람이 생각나고, 어제 같이 밥 먹은 사람이 생각나고, 오늘 같이 걸어 다닌 사람이 생각나고. 여행하다 보니 자꾸만 생각 날 사람들이 매일 생겨나곤 했네요.

(2) Q: 인종차별 혹은 위험하거나 황당한 순간은 없으셨나요?

A: 저는 정말 한 순간도 없었습니다. 32일 간 소매치기도 인종차별도 당한 적 없었어요. 하지만 제가 만난 동행들은 한 번 쯤은 다들 인종차별 당한 적이 있다고 말하더라고요. 아마 제가 운이 좋았던 것 같아요.

(3) Q: 혼자 여행 어떠셨나요?

A: 저는 정말 너무 너무 좋았어요. 아무 때나 내가 가고 싶은 곳에 가도 되고, 가다가 목적지를 바꿔도 되고, 발길 닿는 대로 혼자 정처 없이 걷는 것도 좋았고, 피곤하면 예약했던 미술관 취소하고 잠 더 자던 것도 좋았어요. 일어나고 싶은 시간에 일어나고, 나가고 싶은 시간에 나가고, 내가 먹고 싶은 걸 먹어도 되고, 또 눈치 볼 일도 없고, 누군가와 의견 충돌할 일도 없으니 저는 너무 편했어요. 저는 쭉 혼자 여행하고 싶어요.

(4) Q: 혼밥 하신 건가요?

A: 네. 혼자 밥 먹는 날도 많았어요. 혼자 T본 스테이크나 파스타, 피자 한 판을 먹는 건 무리여서 혼자 먹을 때는 조각 피자나 파니니를 주로 먹었어요. 가끔은 피자 한 판 시켜서 몇 조각 먹고 남기기도 했죠. 1인분 스테이크를 먹을 때도 있었고, 마트에서 장 본 후 숙소에서 간단하게 요리 해먹을 때도 있었고요. 동행들과 같이 밥 먹을 때는 혼자 먹기는 무리였던 것들을 왕창 먹었어요.

(5) Q: 이탈리아어 공부는 얼마 동안 하셨나요? 모든 회화가 가능하셨던 건가요?

A: 두 달 정도 공부했어요. 회화가 가능하긴 했으나, 저도 원어민 수준으로 유창하게 할 줄 알았던 것은 아닙니다. 우리도 외국인들이 어눌하게 말해도 어느 정도 알아듣는 것처럼, 그 사람들도 어구가 안 맞거나 조금 어눌하더라도 다 알아듣습니다.

(6) Q: 일정이 궁금해요.

A: 로마 8박9일→베네치아 1박2일→마테라 2박3일→피렌체16박17일→로마 1박2일입니다. 제 일정은 추천 드리지 않습니다. 동선이 엉망일뿐더러 지극히 제가 가고 싶은 곳 순서대로, 제가 머물고 싶은 날짜만큼 완전히 제 마음대로 정했습니다.

(7) Q: 이탈리아 여행하면서 제일 크게 느낀 감정이나 가장 많이 한 생각이 무엇인지 궁금해요.

A: 셀 수 없을 만큼 많은 생각을 했고 가늠할 수 없을 만큼 깊은 감정들을 느꼈는데, 콕 집어 말해야 한다면, 이탈리아는 평화로움을 실체화한 곳 같다고 자주 느꼈어요. 이탈리아는 잔잔하고 평화롭고 사무치도록 다정해요. 저는 모든 사람들이 이탈리아 여행을 가보았으면 해요. 그리고 저는 사소한 것들을 쉽게 사랑하는 사람이거든요. 저는 길가에 핀 꽃이나 벽화, 즐거워하는 사람들에게서 느껴지는 기분 좋은 에너지, 산책하는 사람들을 보면서 느껴지는 여유로움 같은 정말 사소한 것들마저 잘도 사랑하는 사람이에요. 그래서 사랑하는 것이 많아요. 근데 누군가 저한테 가장 사랑하는 것이 뭐냐고 물어보면, 단 1초의 망설임도 없이 이탈리아에서 느꼈던 감정들을 가장 사랑한다고 말할 것 같아요. 행복하다고 잘 생각하지 않는 제가, 이탈리아에서는 하루에 수 백 번도 넘도록 행복하다고 생각했거든요.

(8) Q: 사진은 어떻게 찍으셨나요?

A: 저는 최대 140cm까지 늘어나는 대형 삼각대+블루투스 리모컨을 가져갔어요. 대부분 삼각대로 찍었고, 사람이 많은 곳에서는 주변 사람들에게 부탁하거나, 동행 분들이 찍어주셨습니다.

(9) Q: 학생인데 경비는 어떻게 마련하셨나요?

A: 저는 주말 야간 알바를 했고, 부모님께 받는 용돈과 설날 때 받은 돈 등… 제게 들어오는 모든 돈을 경비로 저금했어요.

(10) Q: 여행지를 정해두고 가셨나요, 아니면 즉흥인가요?

A: 저는 떠나기 전에 어디에서 며칠 머물 건지 정해놓고 갔습니다. 피렌체에 머물 때 즉흥으로 근교 도시인 시에나와 피사에 간 적 있었는데, 시에나를 제외한 로마, 베네치아, 마테라, 피렌체는 계획적으로 가게 된 도시들입니다.

(11) Q: 숙소 예약은 어떻게 하신 건가요?

A: 제가 머물었던 숙소 종류는 호텔, 에어비앤비, 호스텔입니다. 호텔 호스텔 예약은 "Expedia" "Hotels.com" "Booking.com" 3개의 어플을 사용했고, 에어비앤비는 "Airbnb" 어플을 이용했습니다.

(12) Q: 혼자 여행 가는 것이 무섭진 않으셨나요? 어떻게 용기 내어 혼자 가볼 생각을 하셨나요?

A: 저는 겁이 없는 편이라 두려움이나 걱정은 전혀 없었어요. 이탈리아로 혼자 한 달 간 여행 다녀온 것이, 사실 저에게 있어서는 그다지 큰 용기를 낸 일이 아니었어요. 그래서 사람들이 어떻게 혼자 갈 생각을 했냐고 물어볼 때마다 저는 '혼자 가는 게 왜?'라고 대답하곤 했어요. 많은 사람들이 제가 혼자 여행 간 것에 대해 대단하다고들 말하지만, 사실 제가 대단한 게 아니라 누구나 마음만 먹으면 할 수 있는 일이라고 생각해요.

(13) Q: 총 경비는 얼마나 들었나요?
A: 항공권: 1,347,400원(klm항공)/숙박비: 818,205원/교통비: 316,860원/식비: 1,076,519원/기타: 239,863원
총 [3,789,874원] 들었습니다.

# 이탈리아를 간다면 알아두자

## 1

이탈리아어를 쓰면, 나를 맞이하는 사람들이 내가 입을 열기 전보다 더욱 친절한 표정으로 변하곤 했다. 그리고 그런 나에게 관심을 갖는다. 너 어느 나라 사람이야? 너 이탈리아어 할 줄 알아? 여행 온 거야?부터 시작해서 자연스럽게 대화를 하게 된다. 이탈리아어를 쓰는 것 덕에 이야기를 나누게 된 짧은 인연도 굉장히 많았다. 내가 많은 사람들을 만났음에도 불구하고 한 번도 인종차별을 당하지 않았던 이유 중 하나는 아마 이탈리아어를 할 줄 알아서가 아닐까 생각한다. 냉랭한 표정과 짧게 툭툭 내뱉는 말들로 인해 인종차별이라 느끼는 사람이 많은데, 사실 그들도 이방인을 대하기 어려워 그런 것 아닐까? 우리는 그것을 인종차별이라 느껴버리는, 그런 단순한 오해가 아닐까. 실제로 내가 어느 가게에 들어갔을 때, 나를 보고 표정이 밝지 않았던 주인장이 내가 이탈리아어를 쓰니 급 얼굴에 화색이 돌았다. 그녀는 자국어 말곤 할 수 있는 언어가 없어서 외국인들이 들어올 때마다 긴장이 된다며, 내가 이탈리아어를 알아서 다행이라고 말하곤 했다. 그들도 말이 통하지 않는 외국인을 어려워하는 것은 똑같다.

그럼 지금부터 간단한 회화를 배워보자!

# *감사의 표현

Grazie [그라찌에] **고마워**

*(정중한 표현)* La ringrazio [라 링그라찌오] **감사합니다**

*(강조의 표현)* Grazie mille [그라찌에 밀레] **정말 고마워요**

# *인사말

Mi scusi [미 스꾸지] **실례합니다/잠시만요**

Buon giorno [부온 죠르노] **아침/오후 인사**

Buona sera [부오나 쎄라] **저녁 인사**

Ciao [챠오] **안녕**

*(정중한 표현)* Salve [살베] **안녕하세요**

Arrivederci [아리베데르치] **안녕히 계세요**

Piacere di conoserti [삐아체레 디 꼬노셰르띠] **만나서 반가워**

# *식당에서

Mi sa dire dove il bagno, per favore?

[미 싸 디레 도베 일 방뇨 뻬르 빠보레?] **화장실이 어딘가요?**

Posso calcolo? [뽀쏘 깔꼴로?] **계산할게요**

Dammi la ricevuta [다미 라 리체부따] **영수증 주세요**

# *다양한 표현

Si [씨] **네**

No [노] **아니오**

Mi dispiace [미 디스삐아체] **죄송합니다**

Certo [체르또] **그럼요/물론이죠/당연하죠**

Prego [쁘레고] **천만에요/먼저 가세요/준비 됐어요**

√ 이 표현을 쓰면 이탈리아인들은 굉장히 예의 있고 생각합니다. 자주
쓰이는 표현입니다. 이렇게 이해하면 간단합니다. 누군가 '지나가도
될까요?'라고 물었을 때 '지나가세요.' 보단 '네~'라고 대답하는 것처럼,
'주문해도 될까요?'라고 물었을 때 '주문해도 돼요.' 보단 '네~'라고
대답하는 것처럼, Prego는 그런 표현으로 일상에서 상당히 많이 쓰입니다.

Va vene [바 베네] **괜찮아요**

2

이탈리아에서 버스나 기차를 탈 때는 꼭 "펀칭"이라는 것을 해야 한다. 펀칭 기계에 표를 넣으면 현재 시간이 찍혀 나온다. 기차와 버스 내에 이것을 검사하는 사람들이 돌아다니는데, 확인했을 때 펀칭이 되어있지 않으면 무임승차로 인정해 상당한 벌금을 물게 된다. 돈을 내고 표를 끊어도 펀칭을 하지 않으면 벌금을 내야 하니, 이탈리아로 여행을 떠날 일이 있다면 참고하길 바란다. 버스는 버스 안에 기계가 있고, 기차는 기차 바로 앞 혹은 옆에 있다. 찾기에 어렵지는 않다. 정말 바로 앞에 떡하니 있으니.

3

이탈리아의 전압은 220V, 50Hz이다. 한국과 같은 전압이지만 코드를 꽂는 콘센트의 모양이 다르다. 구멍이 두 개인 한국과는 달리, 이탈리아의 콘센트는 세로로 세 개의 구멍이 나 있거나 혹은 가로로 세 개의 구멍이 나있다. 가로형 콘센트는 한국식 플러그 코드를 꽂을 수 있지만 세로형 콘센트는 크기가 달라서 불가능하다. 그래서 되도록이면 멀티어댑터를 하나쯤 챙겨가는 것을 추천한다. 이탈리아에서 어느 형태의 콘센트가 더 많이 쓰이는지는 모르나, 에어비앤비나 호스텔에는 세로형 콘센트가 대부분이다.

# 4

각종 사기꾼들을 조심하자. 대놓고 돈을 달라는 집시나 노숙자들은 약과다. 내가 앞서 이야기 했던 팔찌강매단, 아이를 업은 채 다가와 동정심을 유발하며 돈을 요구하는 사람, 길바닥에 명화를 잔뜩 깔아놓고는 밟으면 당신 때문에 이 그림을 못 팔게 되었으니 당신이 사라는 사람, 지하철에서 버벅대고 있을 때 도와주고는 수고비를 요구하는 사람, 짐을 들어주고 수고비를 요규하는 사람, 공짜라며 꽃을 건네주고는 돈을 요구하는 사람, 코스프레를 하고는 친근한 척 다가와 먼저 같이 사진을 찍자한 후 돈을 요구하는 사람(이럴 때는 사진 지운다고 우기는 게 답이다.) 이탈리아는 대부분의 사람들이 친절하지만, 모두가 순수한 의도는 아니니 경계심을 갖자.

# 5

이탈리아와 한국의 시차는 8시간이며, 이탈리아가 더 느리다. 그리고 사계절 내내 추울 일이 별로 없는 나라다. 겨울엔 선선하고 여름엔 무척 덥다. 이탈리아 겨울의 평균 기온은 10도다. 이탈리아에서 눈이 내린다는 건 이상기온일 정도. 공기는 살짝 차갑지만 햇살은 굉장히 따뜻하다. 내가 느낀 이탈리아의 겨울은, 마치 끝나가는 가을의 끝자락 같았다. 12-2월에 이탈리아 여행을 가도 두터운 패딩은 챙기지 않아도 된다. 나는 추위를 무척이나 잘 타는 편이라 한국에서 겨울을 맞이할 때면 히트텍, 목폴라, 얇은 티, 후드티, 조끼패딩, 패딩 순으로 겹겹이 껴입는다. 그러나 이탈리아에서는 두꺼운 후드티 하나만으로도 충분했다.

# 이탈리아에서 배가 고프다면?

이탈리아에서 내가 가보았던 곳들 중 개인적으로 맛있었던 곳들을 상세히 적어보겠다. 맛있는 식사를 하려면 까칠한 사람을 따라가라는 말이 있다. 입맛 까다로운 사람이 가는 곳이라면 맛없기가 어려우니까! 이탈리아에서 배가 고프다면, 입맛 까다로운 나의 추천 가게들을 기억하길. 아, 그전에 이탈리아의 식당에서 꼭 지켜야 할 것들을 먼저 말해주겠다.

/

1. 이탈리아의 대부분 식당들은 자릿세가 있다. 없는 식당도 있으나, 관광지 근처 식당은 100%의 확률로 자릿세가 있다. 자릿세는 인당 내야 하며, 적게는 1유로부터 9유로까지 한다. 평균 2유로에서 5유로 정도다. 영수증에 Coperto라고 표기되어 있는 것이 자릿세다.

2. 식전 빵과 물도 돈을 내야 한다. 테이블 위에 기본으로 올려져있는 경우가 많은데, 먹지 않으면 비용을 청구하지 않지만 먹으면 돈을 내야 한다. 무료로 제공하는 곳들도 꽤나 있으니 웨이터에게 무료인지 물어봐도 괜찮다.

3. 주문할 때는 웨이터와 눈을 마주쳐야 한다. 눈이 마주치면 눈치껏 웨이터가 온다. 바쁠 때는 바로바로 오지 않으니 가끔은 참을성도 필요하다. 그러나 아무리 기다려도 웨이터가 오지 않는다면 조심스레 손을 들어도 괜찮다. 우리나라처럼 높게 손을 들거나 큰 목소리로 웨이터를 부르거나 일어나서 웨이터를 찾는 것은 이탈리아에서 굉장히 예의 없는 행동이므로 주의하자.

4. 계산할 때 역시 웨이터와 눈을 마주쳐야 한다. 웨이터에게 계산한다고 말하면 웨이터가 빌지를 가져다준다. 아니면 손가락으로 네모를 그려보자. 그러면 빌지를 달라는 뜻으로 이해하고 금방 빌지를 가져다준다. 카드로 계산할 경우 바로 계산을 해주지만, 현금으로 계산할 경우에는 빌지를 주고 웨이터는 자리를 뜬다. 테이블에 현금과 계산서를 함께 올려둔 뒤 또 웨이터와 눈을 마주쳐야 한다. 웨이터가 와서 현금을 확인한 후 거스름돈을 주면 그제서야 계산 완료. 현금이 딱 맞아떨어진다면 현금과 계산서를 테이블에 올려두고 그냥 나가면 된다.

5. 계산하기 전, 빌지를 잘 확인하자. 영수증에 금액이 더 나오는 경우가 있다. 바빠서 실수했거나, 간혹 관광객들에게 바가지를 씌우려고 일부러 시키지 않은 것들을 추가 시키거나 시킨 것의 개수를 늘리는 식당이 있다. 내가 시킨 것들과 일치하는지 꼭 빌지를 유심히 볼 것.

6. 유럽 내 몇 몇 국가는 팁 문화가 있지만 이탈리아는 팁 문화가 없다. 팁을 강요해도 안 주면 그만이다. 주지 않아도 결코 예의 없는 행동이 아니니, 싫으면 싫다고 완강히 말하자. 하지만 웨이터가 친절했거나, 음식이 맛있었거나 등의 이유로 내가 팁을 주고 싶다면 나가기 전 테이블에 올려두고 나가면 된다.

# Pane e salame

Via Santa Maria in Via, 19, 00187 Roma RM, 이탈리아

로마 트레비 분수 부근에 위치한 파니니 가게다. 종류는 A부터 Z까지 있으며 가격은 4.50유로/ 5유로/ 6유로/ 6.50유로로 나뉘어져있다. 파니니 크기가 커서 하나만 먹어도 배가 부를 정도다. 파니니뿐만 아니라 믹스 컷팅 보드(Mixed Cutting Board)와 샐러드, 맥주와 와인도 판매한다. 믹스 컷팅 보드 가격은 small 5유로/ medium 10유로/ big 15유로다. 믹스 컷팅 보드의 구성은 나무 보드 위에 빵과 달달한 잼 그리고 다양한 이탈리아 햄과 치즈에 구운 야채들이 곁들여져 나온다. 크기가 클수록 햄과 치즈의 종류가 더 다양해진다. 낮에 가면 십중팔구는 웨이팅 필수다. 현지인들에게도 관광객들에게도 늘 인기가 많은, 사람들의 발길이 끊이지 않는 곳이다. 얼마나 맛있냐면, 처음 먹어본 날 저녁에 또 들러 포장하고 다음 날 점심에도 갔다.

# La bussola

Via Porta Rossa, 56r, 50123 Firenze FI

피렌체의 레푸블리카 광장 쪽에 위치한 레스토랑이다. 1인분 스테이크를 판매하고 있고, 바 형식의 혼자 앉을 수 있는 자리도 마련되어 있어 혼자 가기에도 부담이 없는 곳이다. 이 가게를 간다면 꼭 까르보나라를 먹어보길. 이탈리아의 까르보나라는 한국과 달리 크림을 쓰지 않고 오로지 계란 노른자와 소금, 후추, 베이컨, 치즈만으로 파스타를 만든다. 덕분에 굉장히 꾸덕한 식감과 짭짤한 맛이 입 안에서 조화를 이룬다. 나는 다른 곳보다도 이곳의 까르보나라가 단연 최고라고 생각한다. 그게 굉장히 충격적으로 맛있었던 기억이 난다. 그리고 이 가게의 또 다른 베스트 메뉴는 해산물 파스타다. 나는 해산물을 딱히 좋아하지 않아서 먹어보진 않았지만, 다른 사람들의 후기를 보면 모두가 해산물이 싱싱하고 양도 많다며 극찬을 한다. 해산물을 좋아한다면 이 가게에서 한 번 먹어보는 것도 추천한다.

## Regoli

Via dello Statuto, 60, 00185 Roma RM, 이탈리아

로마 테르미니 역에서 걸어서 10분 거리에 있는 100년 전통의 베이커리 가게. 베이커리 가게와 카페가 붙어있어서 헷갈릴 수 있다. "Pasticceria"라고 써져있는 곳으로 들어가면 된다. 레골리는 오전 6시 30분부터 문을 연다. 오전 8시쯤 가도 사람이 늘 꽉차있고, 웨이팅은 기본이다. 인기가 많은 것은 오후 3시에 가도 품절이 되니 일찍 가는 게 좋다. 종류는 대충 보아도 20가지가 넘는다. 그 중 내가 추천하는 것은 산딸기 타르트와 티라미수. 한 입 먹자마자 감탄사를 연발하게 되는 맛이다. 이 가게는 크림이 맛있다. 굉장히 가볍고, 크림이 잔뜩 들어간 빵을 한 입 크게 먹어도 텁텁하지가 않다. 레골리를 간다면 크림이 들어간 빵 하나 정도는 먹어보자. 크림을 좋아하지 않는 사람도, 분명 레골리의 매력에 흠뻑 빠지게 될 것이다.

# ZaZa

Piazza del Mercato Centrale, 26r, 50123 Firenze FI, 이탈리아

피렌체의 중앙시장 근처에 위치하고 있다. 피렌체 맛집을 검색하면 수많은 포스팅이 뜨는 피렌체의 레스토랑이다. 저녁 시간에 간다면 웨이팅은 필수이니 예약을 하고 가자. 1인을 위한 메뉴가 없으니, 이곳에서 식사를 하려면 반드시 2인 이상 가는 것을 추천한다. 나는 해산물을 좋아하지 않는 편인데도 이곳에서 먹었던 바다가재 파스타와 새우 리조또는 가게를 나선 이후에도 여운이 남을 정도로 맛있었다. 한국어 메뉴판이 있고, 모든 음식의 간도 적당했다. 손님이 많음에도 불구하고 음식도 꽤나 빠르게 나온다. 웨이터들도 모두 친절했던, 흠 잡을 곳이 없는 레스토랑이다. 후기가 많은 데에는 이유가 있다.

# BUCA MARIO

Piazza degli Ottaviani, 16r, 50123 Firenze FI, 이탈리아

피렌체에서 이곳을 가지 않는다면 바보다. 레스토랑 입구에 붙어있는, 2007년도부터 매년 빠짐없이 받은 미슐랭 가이드(최고의 레스토랑을 찾아 별점을 주는 것)스티커가 이 가게의 명성을 말해준다. 전 세계의 사람들에게 사랑 받는 레스토랑이다. 특이하게 모든 직원이 남성이고, 청년, 중년, 노년 나잇대는 다양하다. 그리고 나이에 상관없이 모든 직원이 굉장히 친절하다. 혹시 뽑는 기준 1번이 친절함인가 싶을 정도로. 부카 마리오는 T본 스테이크가 1인분, 2인분, 3인분, 4인분으로 나누어져 있다. T본 스테이크를 주문하면 우리가 보는 앞에서 스테이크를 잘라준다. 그리고 또 하나 참고할 것, 부카 마리오는 겉면은 바짝 익히고 속은 거의 날것인 피렌체의 전통 조리방식을 고수하기 때문에 미디엄, 웰던 등의 요청을 받지 않는다. 오로지 레어만 가능하다. 이곳에 두 번이나 방문했음에도 불구하고 아쉬움이 남는 곳이다. 몇 번이고 또 가고 싶은 곳.

## La Cattedrale Bar Gelateria

Piazza del Duomo, 43/44R, 50122 Firenze FI, 이탈리아

피렌체 두오모 대성당에서 걸어서 1분 거리에 위치한 젤라또 가게다. 내가 피렌체에서 머무는 동안 거의 매일 갔던 바로 그 가게. 이곳에서 먹은 레몬 맛 젤라또는 내 인생 젤라또라고 해도 과언이 아니다. 인공적이지 않고 정말 레몬 그 자체의 상큼한 맛이 담겨있다. 나는 늘 레몬 맛만 먹었는데, 레몬 맛 말고도 10가지가 넘는 종류의 젤라또가 있으니 피렌체에서 젤라또가 먹고 싶다면 이 가게에 가보자. 주인장의 친절한 미소는 덤이다.

# CANTINA E CUCINA

Via del Governo Vecchio, 87, 00186 Roma RM, 이탈리아

로마의 나보나 광장 쪽에 자리 잡고 있는 레스토랑. 리뷰가 5800개가 넘는데도 평점이 4.6인 곳. 낮에도 저녁에도 웨이팅은 필수다. 긴 웨이팅을 감수하고도 갈 만한 가치가 있는 곳. 사진 속의 샐러드를 강추한다. 메뉴 이름은 "Parma e bufala" 문구 그대로 파르마햄과 버팔로 모짜렐라 치즈로 구성된 샐러드다. 약간의 야채와 함께. 짭짤한 햄과 고소한 치즈의 조화가 일품이다. 그리고 이곳에는 한국어 메뉴판이 있고 모든 웨이터가 친절하지만, 내가 가본 이탈리아의 모든 레스토랑 중 단연 친절한 웨이터가 이 레스토랑에 있다. 친절하고 즐거워보이는 웨이터들, 분위기 있는 내부 인테리어, 맛있는 음식. 완벽한 조합이다. 길게 설명하지 않겠다. 꼭 가보길.

# The Good Fellas

Via Montebello, 73/75, 00185 Roma RM, 이탈리아

로마 테르미니역 근처에 위치한 술집이다. 맥주, 칵테일, 와인 등 다양한 주류를 판매하고 있으며 안주 또한 다양하다. 전형적인 안주들과 피자, 햄버거, 샐러드 등. 가게 내부는 어둑어둑한 분위기에 클래식한 노래가 잔잔히 흘러나온다. 넓은 편은 아니다. 현지인들에게 인기가 많다. 네이버에는 이 가게를 검색해도 포스팅 하나 없다. 그러나 구글지도의 리뷰에는 현지인들의 칭찬이 자자하다. 혼자 가기에도, 다른 이와 함께 하기에도 좋은 곳. 이 가게는, 분위기에 취한다는 문장이 제격이다. 로마에서 고요한 밤을 보내고 싶다면 이 술집을 추천한다.

# Dall'Oste

Borgo S. Lorenzo, 31, 50121 Firenze FI, 이탈리아

피렌체에서 ZaZa와 일등공신인 레스토랑. 얼마나 인기가 많은 지 피렌체에 지점이 3개나 있다. 사장님이 한국인이라는 소문 이 있을 정도로 한국인에게 굉장히 친절하다. 본점에는 한국어 메뉴판이 준비되어 있으며 한국인 직원이 있고 (매일, 풀타임 근무하진 않는 듯 하다.), 한국말을 굉장히 유창하게 하는 직원 과 간단한 인사말 정도 할 줄 아는 직원들이 있다. 3호점에는 한국어 메뉴판이 없었다. 내가 써놓은 주소는 피렌체 중앙역 후 문 바로 맞은편에 위치한 본점이다. 2호점은 피렌체 대성당에 서 걸어서 2분 거리에, 3호점은 산 로렌초 성당 근처에 있다. 나는 본점을 두 번, 3호점을 한 번 가봤는데, 맛은 똑같았다. 이곳에서 먹었던 트러플 파스타가 유난히 맛있었다. 그 외의 다 른 메뉴들도 모두 평균 이상은 한다. 그리고 T본 스테이크 종 류도 꽤 있었는데 나는 그 중 "Black Angus"를 추천한다. 이 스테이크는 비계도 살코기도 모두 입 안에서 살살 녹는다. 진짜 고기가 녹는다는 게 뭔지 이 스테이크를 먹고 깨달았다. 다른 곳에서는 비계는 살짝 질긴 감이 있었는데 이 스테이크는 전혀 그렇지 않았다. 달오스떼를 간다면 꼭 Black Angus 스테이크를 먹어보길. 한국어 메뉴판에는 "블랙 앙구스"라고 표기되어 있다.

# /책을 마치며

안녕하세요. 김나윤입니다.

단어 하나에도 무수히 많은 고민을 하고 수정과 검토를 수없이
도 했던 이 책을 마무리 짓는 날이 드디어 왔네요. 이 책이 세
상에 나오기까지 참 오래 걸렸습니다. 열아홉 10월 달에 처음
원고를 쓰기 시작했는데, 책이 완성 된 지금은 스무 살 3월 달
이네요. 이 책의 원고를 쓰는 동안 단 한 시도, 단 한 순간도
행복하지 않은 적이 없었습니다. 행복했던 날들을 다시금 상기
시키고, 그 기억과 생각들을 글로 하여금 세상에 흔적으로 남긴
다는 것은 저에게 너무나 의미 깊고 소중한 일이니까요.
그 날의 다정한 잔상들이 여행이 끝나고도 늘 저를 따라다녔습
니다. 그래서 고민 끝에 책 제목을 "여행이 끝난 자리에는 다정
한 잔상이 가득하다"로 짓게 되었습니다. 그리고 특히나 이 책
은 더더욱 저에게 의미가 깊습니다. 어떻게 보면 단지 달콤한
문장들로 포장된, 내용물은 결국 현실도피의 기록이지만 아무렴
어떻습니까. 현실도피를 함으로써 행복해지는 저 같은 사람도
있습니다. 누군가는 왜 현실을 견뎌낼 생각은 않고 도피할 생각
을 하느냐며 저에게 질타와 비난을 던질 수도 있지만, 그러한
분들께 저는 이 말을 해드리고 싶습니다, "현실이 힘들다면, 도
피 한 번쯤은 뭐 어떤가요." 삶에 지칠 때, 꾸역꾸역 참으라고
누가 그러던가요. 때로는 모든 걸 내려놓고 도망쳐 버릴 용기도
필요합니다. 저는 여러분께 용기를 건네 드리고 싶습니다. 때로
는 무모하고 충동적인 행동을 저지를 수 있는 용기, 혼자 세상
을 떠날 용기, 현실로부터 도망칠 용기, 낯선 세상 속에 겁 없
이 뛰어들 수 있는 용기를요.

여행할 당시, 매일 인스타그램에서 하루하루를 기록하면서 그런 메시지를 많이 받았습니다. "대리 여행하는 것 같아요.", "나윤 님의 글을 읽고 저도 혼자 여행을 해보고 싶어졌어요.", "힐링하는 기분이에요.", "지친 마음에 위로가 돼요."

저는 제 마음들의 기록이 제 글을 읽는 모든 분들께 희망이 되었으면 합니다. 동기부여가 되어도 괜찮고, 도움이 되어도 괜찮고, 용기가 되어도 괜찮고, 위로가 되어도 좋습니다. 희망, 동기부여, 도움, 용기, 위로. 제가 여러분께 전하고 싶지만 말로 정확하게 표현하기 어려운 감정을, 이 다섯 개의 단어들이 그나마 제 마음을 잘 표현해주네요. 제 마음들이 부디 독자 분들의 마음에 닿길 바라요.

제가 떠날 때 나이가 어릴뿐더러 혼자라서 주위 사람들과 가족들이 많이 걱정했지만, 그 모든 걱정들이 무색해질 정도로 이탈리아는 다정하고 사랑스러운 곳이에요. 이탈리아 여행을 하며 만난 사람들과 제가 이탈리아를 사랑하는 이유를 전부 말하려면 아마 밤을 꼬박 새워도 모자랄 거예요. 몇 몇 사람들은 이탈리아 치안이 좋지 않다고 말하지만, 적어도 제가 만난 수많은 인연들은 모두 다정하고 친절했습니다. 인연들뿐만 아니라 날씨도, 풍경도, 웅장한 건물들도, 하다 못 해 그저 골목길과 길거리에 피어있는 꽃들과 벽화마저 제게는 너무나 사랑스러운 것들이었습니다. 평생을 살고 다른 나라를 여행한다 한들 이탈리아는 변함없이 제 생애 최고의 나라일 거예요. 혼자 여행하며 느낀 점이 굉장히 많았지만, 가장 크게 와 닿는 점은 나를 사랑하지 않았던 시간들이 간간히 떠오르며 후회가 됐습니다. 저는 혼자 떠난 이 여행에서 잃어버린 제 자신과 저조차 잊었던 제 모습들을 되찾았습니다.

여러분, 행복해지기를 두려워하지 마세요. 어떻게 해야 스스로가 행복할지 끊임없이 연구하세요. 생각하는 대로 살지 않으면, 사는 대로 생각하게 되니까요.

책을 마칩니다. 긴 글 읽어주셔서 감사합니다. :)